DREAMBOOKS

DREAMBOOKS★

DREAMBOOKS★

다크프린스

흑태자 판타지 장편소설

FANTASYSTORY & ADVENTURE

Dark Prince

2

dream
books
드림북스

다크 프린스 2

초판 1쇄 인쇄 / 2013년 11월 5일
초판 1쇄 발행 / 2013년 11월 8일

지은이 / 흑태자

발행인 / 오영배
책임편집 / 편집부
펴낸 곳 / (주)삼양출판사 · 드림북스

주소 / 서울특별시 강북구 솔샘로67길 92
대표 전화 / 02-980-2112 팩스 / 02-983-0660
편집부 전화 / 02-980-2116 팩스 / 02-983-8201
블로그 / blog.naver.com/dreambookss

등록번호 / 제9-00046호
등록일자 / 1999년 3월 11일

값 8,000원

ISBN 978-89-542-5485-4 (04810) / 978-89-542-5483-0 (세트)

* 지은이와 협의하에 인지는 생략합니다.
* 잘못된 책은 구입한 곳에서 바꾸어 드립니다.

이 도서의 국립중앙도서관 출판시도서목록(CIP)은 서지정보유통지원시스템 홈페이지(http://seoji.nl.go.kr)와 국가자료공동목록시스템(http://www.nl.go.kr/kolisnet)에서 이용하실 수 있습니다. **(CIP제어번호: 2013022536)**

흑태자 판타지 장편소설

FANTASYSTORY & ADVENTURE

다크프린스
Dark Prince

2

dream
books
드림북스

다크프린스

Dark Prince

목차

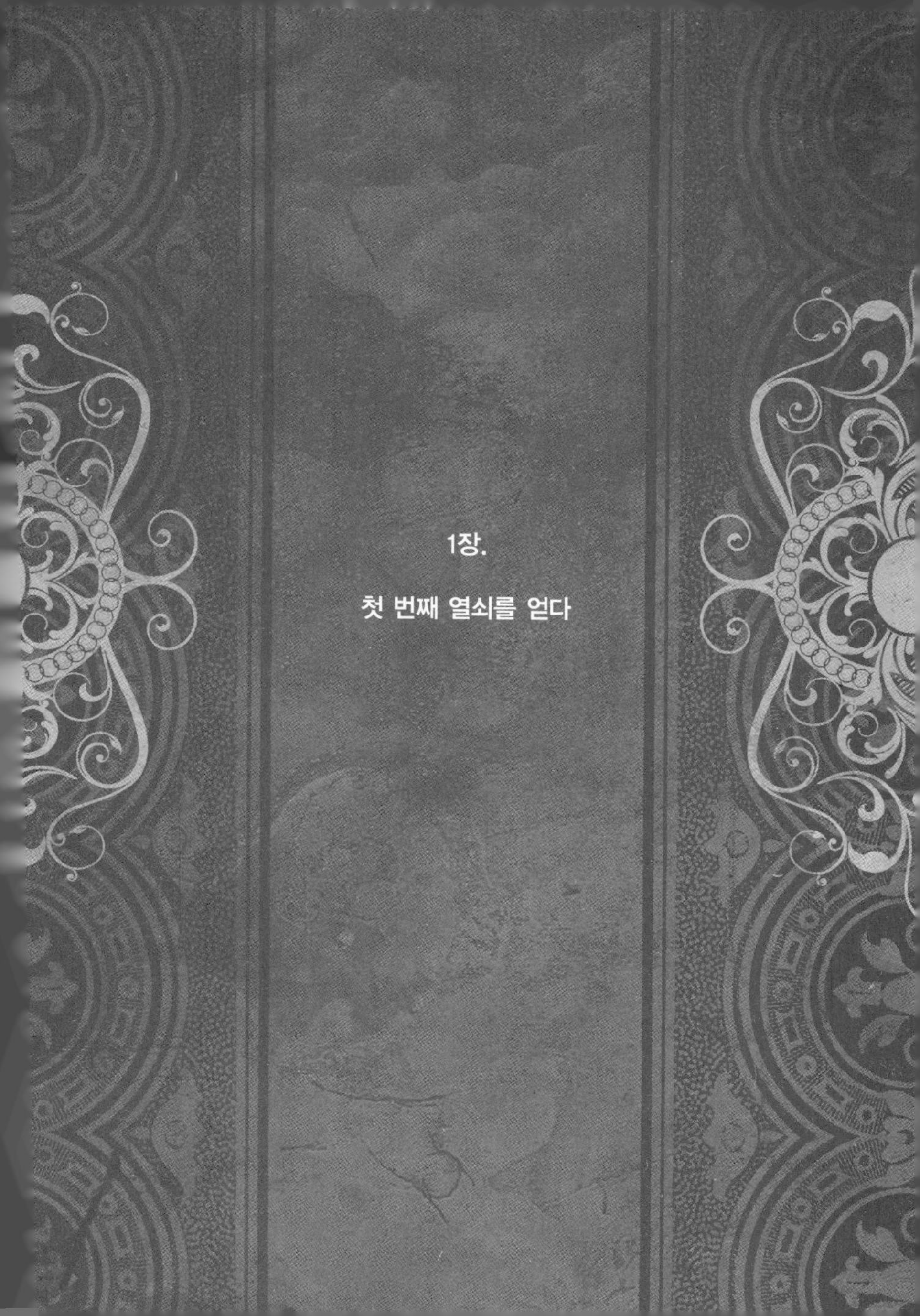

1장.

첫 번째 열쇠를 얻다

1

『설마…… 루나리언인가?』

흠칫.

시슬란의 눈썹이 가늘게 떨렸다.

트리콘 해골의 턱뼈가 다시금 움직였다.

『반응을 보니 맞는 것 같군. 그런데…… 대체 어떻게 된 영문이지? 대분열 이후로 루나리언은 솔라리스에 남지 않은 것으로 들었는데.』

해골은 알지 못할 소리만 늘어놓았다.

그러더니 말했다.

『우리 사이엔 대화가 필요할 것 같군. 어떤가, 혹시 이쪽으로 건너올 수 있나? 나도, 그쪽도 서로에게 궁금한 것이 있을 터인데.』

시슬란의 표정이 굳었다.

"……."

지금껏 이곳 솔라리스에서는 어떤 책도, 어떤 사람도 루나티카를 언급한 적이 없었다.

적어도 시슬란이 겪은 바로는 그러하였다.

이곳 세계 사람들에게 있어 루나티카는 아예 존재하지도 않는 미지의 세계였다. 그것이 시슬란이 지금껏 내심 내려온 결론이었다.

그런데, 지금 그것이 깨어졌다.

'루나티카를…… 알고 있다?'

그것만이 아니었다. 말하는 투로 보아서는 두 세계 사이에 숨겨진 일들 또한 알고 있는 듯 보였다.

문득 루나티카로 돌아갈 단서를 찾은 것인지도 모르겠다는 생각이 들었다. 저도 모르게 주먹을 쥐었다. 가슴속의 박동이 아주 조금 빨라졌다.

그래서였을까.

시슬란은 망설임 없이 붉은 범선의 갑판 위로 건너갔다.

트리콘 해골이 낮게 웃었다.

『보기보다 성격이 급하군.』

“…….”

『알았다. 안쪽으로 가서 이야기를 나누도록 하지. 지금 내게 허락된 시간은 길지 않으니까.』

해골이 돌아섰다. 아무런 방비도 없는 모습을 보니 시슬란을 두려워하거나 걱정하지 않는 듯했다.

시슬란은 그를 따라 선장실로 들어서자마자 물었다.

“그대의 정체는 뭐지?”

『나 말인가?』

트리콘 해골이 낮게 웃었다.

『나는 베르디스 베르데. 혹시 내 이름을 들어 본 적이 있나?』

왜였을까.

트리콘 해골의 목소리에 옅은 회한이 실렸다.

베르디스 베르데는 해적이었다.

머나먼 과거의 솔라리스.

지금 이 땅을 지배하는 국가들이 탄생하지도 않았던 시절, 그 이전과 이전의 지배자들 또한 태어나지 않았던 아득한 태고의 시대를 휘젓던 일세의 해적, 최초의 해적이었다.

거칠고 과감하면서도 절제를 아는 베르디스를 따르는 추종자는 날이 갈수록 늘어났다. 결국 베르디스는 해적들의 왕이 되었다.

하지만 전성기는 짧았다.

파국은 금방 찾아왔다.

베르디스가 말했다.

『어느 날이었지. 머리 셋 달린 뱀의 문양, 그 문양을 떠받드는 무리가 찾아왔어. 그리고 나를 이렇게 만들었지. 결국 나는 육신과 영혼 모두를 빼앗긴 채 그들의 명령에 따라 긴긴 세월 인간이 아닌 채로 살아왔다. 마나홀을 지키는 가디언(Guardian)으로서.』

말 그대로 가디언으로 살아오는 동안 베르디스는 제정신이 아니었다. 정확하게 말하자면 영혼과 이지를 빼앗긴 상태였다. 주어진 명령만을 맹목적으로 수행하는 노예에 불과했다.

그렇게 수많은 세월이 흘렀다.

그런데 그것이 한순간에 변했다.

바로 마나홀이 완전히 붕괴하던 순간이었다.

『마나홀이 붕괴하여 망각의 섬이 사라지던 바로 그때, 나는 비로소 정신을 차렸지. 그리고 지난 긴 세월 동안 내가 어떤 상태로 지냈었는지, 지금 어떤 처지에 처했는지를 이제야 깨달았어.』

"……."

시슬란은 그의 이야기를 묵묵히 들었다.

『이제 내게 남은 시간은 얼마 없다. 가디언으로서의 존재를 지탱시켜 주던 마나홀이 붕괴했기 때문이야. 이 밤이 지나고 수평선으로 해가 떠오르면 결국 안개는 흩어지고 나는 소멸되고 말 것이다. 하지만 나는 그쪽을 원망하지 않는다. 오히려 감사하고 있다. 그래서 내게 얼마 남지 않은 최후의 시간을 그쪽과의 만남을 위해 쓰고자 이렇게 찾아온 것이다.』

그때였다.

투둑, 스르르륵.

베르디스의 뼈마디가 서서히 부스러지기 시작했다. 그걸 깨달은 베르디스가 씁쓸한 웃음을 흘렸다.

『나를 찾아왔던 뱀 문양의 인물들은 아직도 솔라리스에 남아 있다. 그쪽은 그들을 조심해야 할 거야, 루나리언. 저주받은 운명에서 꺼내 준 은혜를 갚기 위해 내가 알려 줄 것은 이게 다다. 더 이상은 시간이 허락하지 않을 것 같아 아쉽군.』

그 목소리에는 짙은 회한과 울분이 섞여 있었다. 자신을 이렇게 만든 이들에게 복수 한번 해보지 못하고 최후를 맞이함이 원통해서였다.

하지만 방법이 없었다.

베르디스는 이미 모든 것을 포기하고 있었다.

그래서였을까.

다음에 들려온 시슬란의 한마디는 베르디스를 놀라게 하기에 충분했다.

"아직…… 그대는 소멸당할 필요가 없을 것 같은데."

『뭐? 무슨 뜻이지?』

"말 그대로다."

시슬란의 한 손이 아래쪽을 가리켰다.

"마나홀은 완전히 사라지지 않았어. 성질이 조금 바뀌기는 했지만 저 아래에서 그 기운이 느껴지고 있으니까."

그 말은 사실이었다.

그는 아까부터 느끼고 있었다. 저 멀리 망각의 섬이 있던 자리의 바다 아래, 그곳에서 마나홀의 기운이 여전히 느껴졌다.

물론 그 기운의 성질은 붕괴 이전과 많이 달라져 있었다. 예전과 같은 파괴적인 기운은 더 이상 느껴지지 않았다. 미약하기 짝이 없는 희미한 느낌만을 던져 줄 뿐이었다. 하지만 시슬란도 그 이유는 알 수 없었다.

답은 베르디스가 알려 주었다.

『나도 그건 알고 있다. 붕괴 덕분에 마나홀이 본연의 모습을 되찾아서 그런 것이니까. 하지만 애석하게도 그 사실만으로는 내 소멸을 막을 수 없다. 지금의 내게는 원래의 모습을 되찾은 마나홀과의 접촉이 필요하기 때문이야. 그런데 대체 무슨 수로 저 깊고 차가운 바다 밑바닥에서 마나홀을 건져 낸단 말인가.』

목소리로 보아 베르디스는 이미 모든 것을 체념한 듯했다. 그 순간에도 뼈마디는 빠른 속도로 삭아 곳곳에서 가루가 떨어지고 있었다.

덜컥!

마침내 대퇴골이 부스러져 골반에서 빠져나왔다. 다리를 잃은 베르디스의 몸이 한쪽으로 급격히 기울었다. 호된 파열음과 함께 바닥을 뒹굴었다.

빠각, 와르르!

넘어지는 충격에 의해 삭아 가던 뼈마디가 완전히 부러지고 관절이 끊어졌다. 베르디스는 반쯤 부스러진 몸통에 두개골만 겨우 붙은 참담한 모습으로 중얼거렸다.

『아무래도 나는…… 여기까지인 것 같군.』

베르디스의 목소리가 점점 희미해졌다.

하지만 시슬란은 당황하지 않았다.

아니, 오히려 담담한 얼굴로 한마디를 꺼냈을 뿐이었다.

"잠시만…… 기다리고 있도록."

시슬란은 곧바로 선장실을 나섰다. 더는 시간을 지체할 수 없음을 깨달았기 때문이다.

베르디스가 이대로 소멸된다면 그에게 들을 수 있는 유용한 정보 또한 사라지게 될 것이다. 그건 결코 시슬란이 원하는 바가 아니었다. 그런 사태를 막기 위해서는 일단 베르디스를 살려야 했다.

그는 곧장 수송선으로 돌아왔다. 그리고 블랙비어드를 불러 망각의 섬이 있던 곳으로 배를 돌리라고 말했다.

"뭐요? 하지만……."

블랙비어드는 불안감에 말꼬리를 흐렸지만 결국 시슬란의 뜻을 따랐다. 선원들 역시 저어하면서도 순순히 배를 몰아 망각의 섬이 있던 해역으로 돌아갔다.

그러던 어느 순간이었다.

"정지."

눈을 감고 마나홀의 기운을 추적하던 시슬란의 말에 선원들이 급히 닻을 내렸다.

수송선이 천천히 멈추었다.

시슬란은 뱃전 난간 위로 올라섰다. 그런 그의 한 손에는 기다란 로프가 들려 있었다.

그가 블랙비어드를 돌아보며 말했다.

"밧줄을 세 번 당기는 것이 신호다. 내가 신호를 보내면

밧줄을 끌어 올리도록."

시슬란은 그 말만 남기고는 대답도 기다리지 않고 난간 너머로 몸을 기울였다. 두 발이 허공을 밟았다. 사나운 서북해의 파도가 온몸을 때렸다.

첨벙!

차가운 물살이 전신을 휘감았다. 시슬란은 숨을 참은 채로 더욱 깊이 잠수했다.

채 몇 미터를 내려가기도 전에 희미하던 달빛이 완전히 사라졌다. 사방이 암흑으로 물들었다. 만약 그가 루나리언이 아니었다면 앞이 캄캄해지는 공포에 당황하고 말았을 것이다.

하지만 시슬란은 여전히 정신을 집중하고서 마나홀의 기운을 추적하고 있었다. 기운이 느껴지는 곳을 향해 똑바로 잠수해 들어갔다.

주변이 더욱 어두워졌다.

그만큼 차가워졌다.

압력이 점차 거세어졌다.

그럼에도 깊고 깊은 서북해는 밑바닥을 보이지 않았다.

대체 이곳의 수심은 얼마나 되는 것일까.

그 순간이었다.

덜걱.

한 손에 감고 있던 밧줄이 팽팽해지며 시슬란의 몸이 멈추었다. 수십 미터나 되는 밧줄이 이미 끝을 드러낸 탓이었다.

"……."

잠시 고민하던 시슬란은 밧줄을 놓아 버렸다. 그리고 계속해서 아래로 잠수했다. 그러는 와중에 그림자를 일으켜 온몸을 보호하려 시도해 보았다.

하지만 그림자는 일어나지 않았다.

당연했다.

이미 이곳은 달빛이 닿지 않아 그림자 또한 생기지 않는 곳이었으니까.

그렇게 얼마나 더 아래로 내려갔을까.

더는 견디기 힘들다는 생각이 들 무렵, 시슬란은 아래쪽에서 어둡게 반짝이는 희미한 섬광을 목격했다. 그는 곧바로 그쪽으로 헤엄쳤다.

그리고 볼 수 있었다. 깊은 해저 바닥에 가라앉아 있는 한 쌍의 작은 귀걸이를. 마나홀의 기운은 그 귀걸이에서 흘러나오고 있었다.

시슬란은 손을 뻗어 귀걸이를 움켜쥐었다. 순간 작은 울림이 귀걸이에서 흘러나왔다.

대체 어떻게 마나홀이 이런 모습으로 변한 것일까.

잠시 의문이 들었다.

하지만 그런 생각은 더 이상 이어지지 못했다.

돌연 뒤쪽에서 강한 물살이 느껴졌기 때문이다.

"……!"

본능적으로 몸을 틀었다.

순간 기다랗고 거대한 검은 실루엣이 바로 곁을 스쳐 지나갔다.

좌하학!

그것은 바다뱀처럼 생겼지만 몸길이가 무려 십여 미터에 달하는 수중 괴물, 시 서펜트였다.

주위를 둘러보니 그러한 놈들이 대여섯 마리나 이쪽을 향해 몰려들고 있었다. 근방에 서식하던 놈들이 모조리 몰려오고 있는 것 같았다.

원래 시 서펜트는 영역을 지키려는 본능이 강한 생물이었다. 갑자기 시슬란이 영역을 침범했으니 반응을 보이는 것도 무리가 아니었다.

캬아악!

한 마리가 거대한 아가리를 벌리고 달려들었다. 하나, 시슬란은 이미 그 자리에 없었다. 공격을 미리 예측하고 몸을 피했기 때문이다.

시슬란은 이 거대한 괴물들과 드잡이를 벌일 생각이 없

었다. 그럴 필요도 없었다. 그것보다는 어서 베르디스에게 마나홀이 변형되어 만들어진 귀걸이를 전해 주는 것이 급선무였다. 게다가 그는 이미 숨을 참기 힘든 지경에 이르고 있었다.

파앗!

해저 바닥을 박찼다.

순식간에 몸이 솟구쳤다.

그로 인해 그를 향해 달려들던 서펜트들이 다시 헛물을 켜고 말았다. 놈들이 독기 오른 눈길을 던져 왔다. 그리고 뒤를 추격해 오듯 재빠르게 헤엄쳐 올라왔다.

좌좌좌악!

놈들은 빨랐다. 적어도 수중에서는 그러했다. 수면을 향해 솟구치던 시슬란은 금방 놈들에게 포위당하고 말았다. 그는 더 이상 놈들에게서 도망칠 수 없게 되었다는 사실을 깨달았다.

'어쩔 수 없군.'

품에서 단검을 빼들었다. 장미의 맹약이었다.

그는 마나홀 안쪽의 공간에서 있었던 일을 상기했다. 당시 장미의 맹약에 실었던 파괴적인 마나의 흐름을 떠올렸다.

휘류류류.

근처의 물살이 뒤틀리며 작은 칼날에 모여들었다. 칼날을 따라 물살이 응축되었다. 재빠르게 회전하며 휘도는 물살은 그 자체로 하나의 날카로운 장검으로 변모하였다.

그 순간 시 서펜트들의 공격이 시작되었다.

캬라락!

도합 여섯 마리가 전후좌우, 상하에서 동시에 달려들었다.

그와 때를 같이하여 시슬란이 장미의 맹약을 휘둘렀다.

샤악!

어두운 물살 사이로 검붉은 혈액이 폭발적으로 피어났다. 동체가 통째로 잘린 서펜트 한 마리가 꿈틀거리며 깊은 바다 아래로 가라앉아 갔다.

하지만 그것이 끝이 아니었다.

서걱, 서거걱!

시슬란의 팔이 한 번 움직일 때마다 주변의 바닷물이 시뻘겋게 물들었다. 그와 함께 그에게 달려들던 서펜트들이 한 마리도 남김없이 단번에 갈라지고 잘려 나갔다.

하지만 시슬란도 타격이 없었던 것은 아니었다.

쿨룩!

격한 기침과 함께 공기 방울이 그의 입에서 터져 나왔다. 더는 숨을 참기 어려운 상황에서 무리를 했기 때문이다.

한번 터져 나온 기침은 멈출 줄을 몰랐다.

동시에 폐부로 짠물이 치밀고 들어왔다.

'큰일……이다.'

수면을 향해 열심히 발길을 차고 손을 저었다. 하지만 아직 수면까지는 거리가 남아 있었다. 게다가 산소 결핍으로 인해 사지의 힘이 급격히 떨어져 갔다. 정신도 아득해져 갔다.

바로 그때였다.

어두운 바닷속에 하늘거리는 기다란 물체가 보였다.

바로 아까 놓아 버린 밧줄이었다.

시슬란은 손을 뻗었다. 그리고 밧줄을 움켜쥐고 전력을 다해 세 번 잡아당겼다.

그러자 곧바로 반응이 왔다.

화악!

밧줄을 잡은 그의 몸이 빠른 속도로 수면을 향해 딸려 올라갔다.

그 속도에 맞추어 시슬란은 폐부에 남은 숨을 모조리 뱉어 냈다. 너무 빠른 속도로 수압이 줄어들었기에 잘못하면 폐가 터질 수도 있기 때문이었다.

마침내 그는 수면 위로 나올 수 있었다.

"후우…… 후우……."

그는 숨도 돌리지 않고 곧장 수송선 위로 올라왔다. 그리고 블랙비어드에게 배를 돌리라 지시했다. 아까 베르디스가 있던 붉은 괴범선이 있는 곳을 향하여.

수송선이 뱃머리를 돌렸다.

다행히도 붉은 괴범선은 아까 만났던 장소에 그대로 있었다. 시슬란은 망설임 없이 범선으로 건너가 선장실의 문을 열었다.

하지만 이미 너무 늦은 것일까.

"……."

선장실 바닥에는 하얀 뼛가루만 수북이 쌓여 있었다. 그 뼛가루 주위로 힘없이 널브러진 붉은 코트와 트리콘 모자가 보였다.

게다가 그것이 끝이 아니었다.

퍼서석. 부스럭.

선장실의 벽면과 천장이 부스러지기 시작했다. 아마 이 웅장한 범선도 베르디스와 똑같이 소멸의 운명을 맞이하고 있는 것 같았다.

시슬란은 아쉬움에 한숨을 내쉬었다.

'이자를 살릴 수만 있었더라면…….'

그랬다면 루나티카로 돌아갈 방법을 들을 수 있을지도 몰랐다. 아니, 최소한 그에 관련된 단서는 얻을 수 있지 않았을까. 그런 생각을 하며 시슬란은 너무나 큰 아쉬움을 느꼈다.

그래서 쉽게 발걸음을 돌리지 못하고 혹시나 하는 생각에 손아귀에 쥔 귀걸이를 꺼내 들었다.

"……."

마나홀이 변형되어 생성된 귀걸이는 무척 요사스러운 모습을 하고 있었다. 모양이 아니라 분위기가 그러했다.

중앙에 박힌 검은 진주에서는 마나홀 특유의 기운이 계속해서 흘러나오고 있었다.

시슬란은 그 속에서 수많은 목소리가 뱉어 내는 절규와 비명을 들었다. 바로 마나홀에 잡아먹힌 영혼들이 방황하며 내뱉는 소리였다.

그러나 그 기운은 강력하지 않았다. 귀걸이를 이루고 있는 나머지 부분, 정체 모를 금속으로 이루어진 몸체가 검은 진주의 기운을 억누르고 있기 때문이었다.

귀걸이를 살피던 시슬란의 눈길이 다시금 베르디스의 잔해로 향했다.

문득 베르디스가 탄식처럼 내뱉었던 말이 떠올랐다.

『하지만 애석하게도 그 사실만으로는 내 소멸을 막을 수 없다. 지금의 내게는 원래의 모습을 되찾은 마나

흘과의 접촉이 필요하기 때문이야.』

'혹시……?'

시슬란은 일말의 기대를 품으며 잔해 앞에 섰다. 그리고 작은 모래성처럼 쌓인 뼛가루 위에 귀걸이 한쪽을 던졌다.

툭.

귀걸이는 마치 죽은 시체처럼 힘없이 뼛가루 위로 떨어졌다.

하지만 그뿐, 베르디스의 잔해는 허공에 희미한 먼지 몇 조각만을 날렸다.

변화라곤 전혀 찾아볼 수 없었다.

잠시 기다리며 관찰했지만 마찬가지였다.

시슬란의 눈동자에 진한 아쉬움이 깃들었다.

'역시…….'

그는 다시 몸을 숙여 귀걸이를 회수하려 했다.

그때였다.

스르륵.

우연이었을까.

모래성처럼 쌓인 베르디스의 뼛가루 일부가 아래로 주르륵 흘러내렸다. 그러더니 중력과는 전혀 상관없는 방향으로 움직이기 시작했다. 동시에 뼛가루 무덤 위에 놓인 귀걸이로부터 강렬한 마나의 흐름이 생성되었다.

"……."

시슬란의 손이 멈추었다.

귀걸이에서 흘러나오는 마나가 더욱 짙어졌다.

다음 순간, 베르디스의 뼛가루가 허공으로 떠올랐다. 그리고 하나의 형상을 이루어 가기 시작했다.

사사사삭.

가루가 뭉쳐 덩어리가 되었다. 덩어리는 허공에서 하나의 일정한 규칙으로 재배열되었다. 대퇴골과 골반, 척추와 견갑골, 두개골 등이 차례로 만들어졌다. 그리고 제자리를 찾아 서로 맞물려 들어갔다.

달각, 달그락!

베르디스는 차츰 아까의 모습을 되찾기 시작했다.

하지만 그것이 끝이 아니었다.

슈화아아악!

귀걸이에서 흘러나오는 마나가 더욱 강렬해졌다.

그러자 베르디스의 뼈마디 주위에 인대가 만들어지기 시작했다. 인대가 근육으로 이어졌다. 그사이에 신경과 혈관이 빠른 속도로 퍼져 나갔다. 갈빗대 사이의 빈 공간에도 장기와 혈관이 자리를 잡아 갔다.

그 위를 날씬한 근육이 덮었다. 우윳빛 새하얀 피부가 근

조직을 감싸기 시작했다. 솜털이 돋아났다. 은빛 풍성한 머리칼이 자라났다. 봉긋한 젖가슴이 수줍은 모습을 드러냈다.

마침내 긴 속눈썹을 두른 눈꺼풀이 열렸다.

베르디스의 파란 눈동자가 시슬란을 응시했다.

2

마침내 베르디스의 입이 열렸다.

“그쪽이…….”

성대를 통해 나온 그녀의 목소리는 이전의 낮고 탁하던 음성과 너무나 달랐다.

자신의 목소리 변화를 깨달아서였을까.

베르디스의 말은 첫마디에서 멈추었다. 그 눈동자에 놀람이 스몄다.

“서, 설마…….”

황급히 시선을 아래로 내렸다.

수줍게 자리한 우윳빛 젖가슴 아래로 날씬한 복부가 보였다. 그녀의 손이 움직여 자신의 몸을 어루만졌다. 부드러운 감촉이 전해졌다.

"손……."

그녀가 자신의 왼쪽 귓가를 더듬었다. 차가운 감촉이 느껴졌다. 마나홀이 변형되어 생성된 귀걸이가 귓불에 매달려 있었다.

그제야 베르디스는 깨달았다. 자신이 소멸의 구렁텅이에서 부활했을 뿐만 아니라 인간이던 시절의 육신까지 온전히 되찾았음을.

"내심 완전히 체념하고 있었는데…… 그쪽이 정말로 마나 크리스털을 가지고 돌아올 줄은 몰랐어."

그녀의 표정에는 작은 격동과 떨림, 시슬란에게 느끼는 고마운 심정이 그대로 묻어나 있었다. 목소리도 미미하게 떨리고 있었다.

하지만 감격하는 것을 제외한 베르디스의 행동은 보통의 사람과 확연히 달랐다.

그녀는 시슬란 앞에 알몸으로 서 있음에도 전혀 부끄러워하지 않았다.

당연했다.

겉모습은 인간일지언정 실상 그녀는 수천 년을 가디언으로 살아온 존재였다. 그런 그녀가 알몸을 드러냈다고 해서 부끄러움을 느낄 리 만무하였다.

그 때문이었을까.

바닥에 널브러진 붉은 롱 코트와 트리콘 모자를 집는 그녀의 동작은 전혀 급하지 않았다. 심지어 그녀는 롱 코트를 제대로 입지도 않았다. 소매에 팔을 넣지도 않은 채 호리호리한 어깨 위에 붉은 외투를 아슬아슬하게 걸쳤다.

베르디스가 트리콘 모자를 은발 위로 눌러쓰며 말했다.

"고맙다. 진심이야."

"……."

시슬란은 고개만 살짝 끄덕였다.

그의 눈길과 반응 또한 보통의 사내들과는 달랐다.

그는 여전히 담담했다. 눈앞에 묘령의 여인이 알몸으로 서 있음에도 전혀 연연하거나 신경 쓰는 눈빛이 아니었다.

그에게 중요한 것은 따로 있었으니까.

"그럼 하나만 묻지. 내가 루나리언이란 것을 어떻게 알아보았지?"

"그게 궁금해서 날 살린 거였군?"

"……."

"좋아, 이야기하자면 길어. 그건……."

베르디스의 이야기가 이어졌다.

머리 셋 달린 뱀 문양, 히드라(Hydra)의 표식을 달고 있는 자들은 자신들의 조직을 '부활의 사도'라 부르곤 했다.

하지만 그 이름과 달리 부활의 사도는 베르디스에게 끔찍한 일을 저질렀다. 그들에 의해 베르디스는 생명을 잃고 영혼을 빼앗겼다. 노예가 되었다. 명령에만 따르는 가디언이 되어 버렸다.

가디언이 된 이후 그녀의 삶은 무척 단조로웠다. 그녀는 망각의 섬에서 일정 거리 이상 벗어날 수 없었다. 그 이상으로 마나홀에서 멀어지면 소멸을 피할 수 없었기 때문이다.

그 탓에 그녀는 멀리 도망갈 수도 없었다.

그곳 망각의 섬에서 베르디스가 한 일이라곤 오로지 멍하니 마나홀 앞을 지키는 것밖에 없었다. 다른 인간들의 섣부른 접근을 막기 위해서였다.

하지만 일 년에 딱 한 번, 다른 일을 할 때가 있었다. 바로 부활의 사도가 보내오는 노예들을 마나홀 안으로 꾸역꾸역 밀어 넣는 일이었다.

그 작업은 중요했다. 적어도 부활의 사도 조직원들에게는 그런 것 같았다.

몇 번인가 조직의 간부들이 직접 섬으로 온 적이 있었다. 그때 그들이 나눈 이야기를 베르디스는 기억했다.

마나홀을 붕괴시킬 방법을 찾아야 한다고. 그래서 마나홀 속에 봉인된 마나 크리스털을 찾아야 한다고. 그때까지 마나홀의 자연적인 소멸을 늦추려면 계속해서 산 자의 영혼을 주입해야 한다고 했었다.

당시 베르디스는 그 밖에도 많은 이야기를 들었다. 그중에는 이곳 솔라리스와는 다른 세계, 루나티카에 대한 이야기도 있었다. 그림자를 다루는 민족에 관한 이야기였다. 그녀가 루나리언이란 존재를 처음으로 알았던 순간이었다.

그때 부활의 사도들이 말했었다.

기필코 마나홀을 붕괴시켜 봉인된 마나 크리스털을 모두 되찾아야 한다고. 그래야 루나티카로 가는 길을 열 수 있을 거라고.

그리고 세월이 흘렀다.

그것은 긴 시간이었다. 일전에 섬에 찾아왔던 부활의 사도 간부들이 늙어서 죽을 만큼의 시간이었다. 하지만 앞선 사람이 죽으면 새 후임자가 얼굴을 비쳤다. 그것은 대를 잇고 시대를 이어 계속 반복되었다.

그렇게 세월이 흐르고 파도가 바위를 깎았다. 섬의 모양이 바뀔 정도로 장구한 세월이 흘렀다.

하지만 베르디스는 그대로였다.

여전히 그녀는 주어진 명령에 따라 홀로 마나홀을 지켰고, 일 년에 한 번씩 노예들을 인계받아 마나홀에 집어넣었다. 벗이라곤 자신의 모습을 본떠 만든 해골 병사들이 유일

했다. 외롭고 고독한 시간의 반복이었다.

그러다가 만나게 되었다.

그림자를 부리는 낯선 남자를.

"본 순간 알았지. 그쪽이 바로 그들이 말하던 루나리언이로구나, 라고."

베르디스의 입가에 씁쓸한 미소가 떠올랐다.

"내가 아는 건 여기까지야. 더 이상은 나도 몰라. 그래, 이제 목적을 마쳤으니…… 그쪽은 내게서 이걸 되가져가야겠지?"

그녀의 손은 자신의 왼쪽 귓불에 매달린 귀걸이를 만지작거리고 있었다.

베르디스는 직감적으로 알았다. 마나 크리스털로 이루어진 이 귀걸이를 빼는 순간 자신은 소멸당하여 가루로 돌아가게 될 것임을.

사실 그녀는 귀걸이를 넘기고 싶지 않았다. 오랜만에 되찾은 육신의 느낌은 너무나 강렬하고 짜릿했다. 게다가 그녀는 부활의 사도들에게 갚아 줄 빚도 잔뜩 지니고 있었다. 그 울분을 풀기 전에는 소멸당하고 싶지 않았다.

스읏.

그녀가 뒤로 한 발 물러났다.

시슬란을 쳐다보는 베르디스의 파란 눈동자에는 어느새 경계심과 긴장감이 피어올라 있었다.

그녀가 말했다.

"그쪽이 날 노예와 같은 가디언의 굴레에서 벗어나게 해준 것, 그리고 이렇게 잠시나마 육신을 찾게 해준 것에는 감사해. 난 원래 은혜 따위 모르는 해적이지만 이번만큼은 진심으로 무한한 고마움을 느끼고 있어. 하지만 나는……."

까드득, 끼이익.

베르디스의 전신이 긴장감으로 휩싸이는 것과 동시에 선장실의 벽면과 바닥, 천장이 일제히 요동쳤다.

요동치는 것은 선장실뿐만이 아니었다. 배 전체가 그러했다. 심기가 불편해진 거대한 고래처럼 기이한 소음을 내뱉었다. 이 범선 자체가 마치 베르디스와 연결된 한몸인 것만 같은 반응이었다.

그때였다.

지금껏 담담한 표정으로 일관하던 시슬란이 처음으로 입을 열었다.

"궁금한 것이 있는데…… 애초부터 이 배에는 선원들이 아예 없는 건가?"

"음?"

의외의 질문에 베르디스의 미간이 찌푸려졌다. 배 전체에서 들려오던 소음이 잠시 멎었다.

그녀는 조금 뒤에야 답했다.

"그, 그래. 이 배는 또 다른 나의 모습이야. 내 의지에 따라 움직이기에 선원 같은 것은 필요 없다. 그건 왜 묻는 거지?"

하지만 시슬란은 대답하지 않았다. 그저 입가에 조용한 미소만 띠었을 뿐이었다.

대답은 그가 뒤돌아서서 선장실을 나설 때에야 나왔다.

"잘되었군. 신입 선원들이 머물 자리가 많을 것 같아서. 의복을 제대로 걸친 뒤 따라 나오도록. 새 선원들을 소개해 주겠다."

"뭐?"

베르디스는 금방 선장실에 홀로 남겨졌다. 황급히 코트 앞섶을 여미고 시슬란을 따라 나간 그녀는 놀라고 말았다.

웅성웅성.

"거, 정말로 괜찮은 겁니까?"

"이거 유령선 아니었습니까요? 조금 불안합니다요."

"이런 식으로 막 하면 곤란하지 말입니다."

"이놈들! 의뢰주가 한 말을 못 들었냐? 귓구멍이 막혔어? 엉? 빨리빨리 건너오지 못해! 빨리빨리!"

베르디스가 본 것은 아리안을 업은 블랙비어드와 세 명의 선원들이 수송선에서 이쪽 범선으로 꾸역꾸역 건너오는 모습이었다.

"이, 이게 대체……."

전혀 생각지 못했던 광경에 그녀는 그만 멍해지고 말았다. 그러다가 깨달았다. 블랙비어드와 선원들이 자신을 어떤 눈초리로 바라보고 있는지를.

"헤에, 예쁘다……. ㄲ, 끝내주는데?"

한 선원이 저도 모르게 흘린 걸쭉한 침이 갑판에 주르륵 떨어졌다.

그다음 순간이었다.

빠각!

"컥!"

호쾌한 주먹이 작렬했다. 침을 흘린 선원이 핑그르르 두 바퀴나 돌며 나가떨어졌다.

주먹을 날린 이는 바로 베르디스였다. 그녀가 분노한 눈초리로 블랙비어드 일행을 돌아보았다.

"감히! 내 몸에 침을 흘려?"

"예, 예? 아가씨 몸에 침이라니요? 저, 저, 저는 그런 적이……. 단지 갑판에 침을 흘렸을 뿐인데……."

"닥쳐!"

베르디스는 당장에라도 씹어 먹을 듯 선원들을 노려보았다.

그러다가 우연처럼 마주쳤다.

팔짱을 낀 채 갑판 난간에 몸을 기대어 이쪽을 바라보고 있는 시슬란, 그의 시선과.

싱긋.

시슬란은 웃고 있었다.

아주 희미했지만 그 입가에 걸려 있는 것은 분명 기분 좋은 미소였다.

"……."

비로소 베르디스는 깨달았다.

그가 단지 정보만을 얻기 위해 자신을 살린 것이 아니라는 것을. 그는 그런 종류의 인간이 아니라는 사실을.

문득 부끄러움이 일었다.

두려움에 마음을 빼앗겨 상대의 호의를 믿지 못하고 못난 모습을 보였음을 뒤늦게야 깨달았다.

가슴이 뛰었다.

수천 년의 세월 동안 이용만 당하며 살아온 그녀였다. 그런 그녀에게 이것은 처음으로 있는 일이었다.

누군가의 호의를 받았다는 것도.

그 배려에 안심할 수 있다는 것 또한.

그녀는 저도 모르게 귀걸이를 만지작거렸다.

그러면서 내심 다짐했다.

앞으로는 저 사람을 마음으로 따르겠노라고.

설령 다시 뼛가루가 되는 한이 있어도 이 은혜를 잊지 않겠노라고.

벅찬 마음 탓이었을까.

문득 눈가가 뜨거워졌다.

서북해의 광활한 밤하늘에 북극광이 잔잔하게 피어나고 있었다.

* * *

노예 수송선에서 베르디스의 범선으로 건너 탄 인물은 시슬란과 아리안, 블랙비어드, 애꾸 항해사와 블랙애로우호 출신의 선원들이 전부였다. 노예 수송선의 선원들은 이 붉은 돛의 거대한 범선이 유령선이 아닌가 하는 두려움에 승선을 포기하고 말았다.

그 밖에 이쪽으로 건너 탄 인물들은 노예들이었다.

시슬란은 이들을 그냥 풀어 줄 생각이었다. 데리고 있을 이유도 없었고, 이들을 먹여 살리는 데 사비를 털어 낼 생각도 딱히 없었다.

다만 예외는 있었다.

블랙비어드 선장의 선원이 되고 싶다는 일부 노예들이었다. 그들은 자유를 찾아보았자 가족도, 돌아갈 곳도 없는 자들이 대부분이었다. 그들의 처지에서는 차라리 선원으로 남는 것이 이득이었다.

그것은 블랙비어드 선장도 마찬가지였다.

"하하하! 이게 다 의뢰주의 덕 아니겠소."

부족한 선원들의 자리를 손쉽게 채운 선장이 크게 만족한 웃음을 터트렸다.

반면 베르디스는 귀찮다는 표정만 지었다.

"더럽고 냄새나는 멍청한 인간들이 떼거리로 타봤자 도움될 것 하나도 없어."

그녀는 까칠한 말만을 남겨 두고 사라졌다. 정확히 말하자면 범선에 자신을 동화시켰다.

사실 그녀는 처음에 블랙비어드 선장을 비롯한 다른 인간들을 모두 거부하려 했다. 하지만 계속된 시슬란의 설득 끝에 마음을 돌렸다. 어쨌건 그녀는 시슬란을 따르기로 마음먹고 있었으니까.

그러는 사이에 자연스럽게 각자의 역할과 위치가 정해졌다.

시슬란은 이 거대 전투함을 '베르디스호'라 이름 지었

다. 따지고 보면 이 배의 정체가 베르디스이기도 하니 적절한 이름이라 할 수 있었다. 그는 전투함 베르디스호의 주인, 선주가 되었다.

이어서 시슬란은 블랙비어드를 다시금 고용했다. 이 성격 급한 해적 선장은 시슬란에 의해 베르디스호의 선장으로 임명되었다. 물론 정당한 급료가 포함된 계약이었다.

그 밖에도 애꾸 항해사와 블랙애로우호 출신의 선원들이 베르디스호의 수석 항해사나 갑판장 등의 간부로 정해졌다.

다만 그 과정에서 아리안이 걱정이었다.

충직한 그는 말은 하지 않았지만 자신이 아무런 일도 할 수 없다는 사실에 적잖이 실망한 기색이었다.

시슬란은 그의 등을 다독였다.

"아리안, 네 마음은 내가 잘 안다."

"하오나 주군……."

"일단은 기다려라."

"……."

"내가 너의 몸이 나을 수 있도록 방도를 찾아보겠다. 그리고 함께 루나티카로 돌아가는 거다. 락토르의 시신을 수습하여 장례를 치르고, 잃어버렸던 것들을 모두 되찾을 것이다. 그땐 반드시 네가 내 옆에 있어야 한다. 그러기 위해

선 무리를 하지 말아야 한다. 몸이 더 나빠지면 안 되지 않겠느냐. 일단은 휴식을 취하거라."

"주군……. 그게 제 사명이라 하시면 그리 따르겠습니다."

사실 시슬란이 그런 생각을 가지고 있는 줄은 몰랐던 아리안이었다. 그저 이제 자신은 쓸모가 없어졌다고 체념하고 있었다.

그런데 시슬란은 달랐다.

그 자신마저도 포기한 것을 주군인 그는 포기하지 않았다.

꼭 나을 것이다.

몸을 회복하여 다시 주군의 한 팔이 될 것이다.

그때에는 세상의 어떠한 역경과 고난도 자신의 시체를 넘어서지 않고서는 주군을 다치지 못하게 하리라.

아리안은 그렇게 결의를 다졌다.

다음으로 시슬란이 한 일은 노예 수송선에서 식량과 식수 등의 물자를 나눠 받은 것이었다.

그 일을 마친 후에야 베르디스호는 수송선과 떨어졌다.

노예 수송선은 남서쪽 수평선으로 사라져 갔다.

베르디스호는 홀로 남겨졌다.

"그럼 이제 어디로 가시렵니까? 자, 빨리빨리 결정을……."

시슬란을 대하는 블랙비어드의 말투는 이전보다 훨씬 공손해져 있었다.

선장이 시슬란 앞에 해도를 펼쳤다.

"……."

사실 시슬란은 앞으로의 경로를 내심 결정해 둔 상태였다.

"베르디스, 그대는 나머지 마나홀의 위치까지는 모른다고 했던가?"

그가 허공에 대고 말했다.

그러자 전투함에 동화된 베르디스의 대답이 돌아왔다.

『응, 그래.』

"하지만 그대가 말한 부활의 사도라면 마나홀이 어디에 있는지, 몇 개나 있는지 알고 있겠지?"

『그럴 거야.』

"잘됐군."

시슬란이 고개를 들었다.

검은 머리칼이 나부끼며 바닷바람을 희롱했다. 하지만 그의 시선은 흔들림 없이 동남쪽의 한 방향만을 향해 고정되어 있었다.

그가 말했다.

"지금 드러난 가장 가까운 곳에 있는 부활의 사도의 일원, 로테르담의 시장과 면담을 가져야겠군. 침로를 변경하도록. 우리는 자유무역항 로테르담으로 간다."

"명령, 받들어 모시겠습니다."

블랙비어드의 호령이 이어졌다.

선원들이 일사불란하게 움직였다.

이전, 베르디스가 가디언으로서 홀로 배를 움직이던 때보다 훨씬 빠르고 유연하게 뱃머리가 선회했다. 붉은 전투함 베르디스의 도도하고 오만하게 치솟은 타락 천사 선수상이 동남쪽을 향했다. 파도가 갈라지고 포말이 폭발적으로 솟구쳐 허공에 투명한 보석을 뿌렸다.

전투함 베르디스호는 로테르담을 향해 빠르게 미끄러져 나갔다.

2장.

머리 셋 달린 뱀의 추종자들

1

푸르게 넘실거리는 파도, 그 위로 새하얀 갈매기가 날았다. 갈매기는 항구의 선원들이 버리는 생선 찌꺼기를 포식하기 위해 끊임없이 부둣가를 기웃거렸다. 그 위로 햇살이 내리비쳤다.

"쯧."

자유무역도시 로테르담 항구의 시장, 마르켈리오는 찌푸린 표정으로 집무실 테라스에 서서 부두의 광경을 바라보았다.

그는 기다리는 배가 있었다. 하지만 그 배는 돌아오지 않고 있었다. 아니, 연락조차 없었다.

원래대로라면 벌써 임무를 완수했다는 연락이 먼저 왔어야 했다. 하지만 소식은 올 기미도 보이지 않았고, 시장의 가슴속에서 초조함은 날이 갈수록 더욱 커져 갔다.

마르켈리오는 김이 피어오르는 찻잔을 테라스 난간에 내려놓으며 투덜거렸다.

"망할 놈들! 대체 일 처리를 어떻게 하는 거야? 이래서 뱃놈들은 믿을 수가 없다니깐."

그러면서 그는 다짐했다. 내년에는 다른 노예 수송선을 알아보아야겠다고.

하지만 그는 몰랐다.

그 다짐이 결코 실현될 수 없을 것임을.

마르켈리오가 다시 찻잔을 집는 순간이었다.

누군가가 마르켈리오의 집무실에서 테라스로 천천히 걸어 나왔다.

"그쪽의 미숙한 일 처리에 가슴 아픈 이가 여기에도 있음을 알아주었으면 하는데 말이지."

"헉?"

놀란 마르켈리오가 뒤돌아섰다. 그리고 모습을 드러낸 이의 얼굴을 확인하고는 더욱 놀라고 말았다.

차가운 검날이 마르켈리오의 가슴을 파고든 것도 바로 그 순간이었다.

푸욱.

"……!"

마르켈리오의 비대한 몸이 경련했다. 눈이 부릅떠졌다.

"당신에게 할당되었던 마나홀에 변화가 일어났어. 이 사실을 알고는 있었나?"

"끄…… 끄흐…… 저, 저는……."

"모르고 있었네, 역시."

그 음성에는 고저가 전혀 없었다. 감정이라고는 찾아볼 수 없는 차가운 목소리였다.

마르켈리오는 상대의 옷깃을 거머쥐었다. 볼살을 푸들푸들 떨고 숨을 헐떡이며 애원했다.

"제발…… 살려……."

푸확!

검이 뽑혔다.

가슴에 난 구멍에서 선혈이 폭발하듯 솟구쳤다. 마르켈리오가 필사적으로 몸부림쳤다. 하지만 그것도 잠시, 그의 비대한 거구는 힘없이 테라스 바닥에 몸을 누이고 말았다.

새하얀 대리석 바닥에 붉은 피가 영역을 늘려 갔다.

하지만 냉정한 암살자는 더 이상 마르켈리오의 시신에 관심을 두지 않았다. 그의 무감정한 눈동자는 테라스 난간 너머, 북서쪽 수평선을 향해 있었다.

그런데 어쩐 일이었을까.

수평선을 바라보던 암살자의 입가에 희미한 미소가 떠올랐다.

"마침 제 발로 찾아오니 일이 편하게 됐잖아."

그 순간 암살자의 안구가 더없이 붉게 물들었다. 인간이라고 볼 수 없을 광기와 폭력이 엇비쳤다.

하지만 그것도 잠시였다.

모습이 흐릿해진다 싶은 순간, 암살자의 모습이 테라스에서 감쪽같이 사라졌다.

이윽고 테라스는 정적에 휩싸였다.

휘이잉.

시원한 바닷바람이 불어와 마르켈리오의 식어 가는 시신을 쓰다듬고 테라스 난간 위에 놓인 찻잔의 따뜻한 김을 흩어 버렸다.

그런데 어느새 찻잔 곁엔 암살자가 놓고 간 순금 반지가 남아 있었다. 특이하게도 반지 머리에는 정교한 문양이 조각되어 있었다.

머리가 셋 달린 뱀의 문양이었다.

뱀의 여섯 눈동자는 북서쪽 수평선을 향해 있었다.

아니, 정확하게는 수평선에서 모습을 드러내고 있는 붉은 범선 한 척을 바라보고 있었다.

쏴아아아!

파도가 갈라졌다.

바람이 숨죽이며 뱃전을 비껴갔다. 뱃머리에 매달린 타락 천사 선수상이 돌풍을 가르고 파랑을 헤치며 동남쪽을 향해 내달렸다.

곧 범선이 수평선 위로 완전한 모습을 드러냈다. 범선의 정체는 망각의 섬 해역에서 곧바로 이곳까지 달려온 붉은 전투함, 베르디스호였다.

"……."

시슬란은 베르디스호의 가장 앞쪽, 타락 천사 선수상 위에 서 있었다.

흔들림이 가장 심해 자칫 실족하면 목숨이 위험할 수도 있는 자리이건만, 오히려 그는 팔짱을 끼고서 너무나 평온한 표정으로 가까워지는 항구도시를 보고 있었다. 일전에 떠나온 로테르담 항구였다.

그의 뒤편으로 블랙비어드 선장이 다가왔다.

"세상에, 망각의 섬에서 여기까지 이렇게 빨리 도착할 줄이야. 크핫하하! 이건 정말 기록감이로군요. 어쩌시겠습니까, 이대로 입항하시겠습니까?"

"음."

시슬란은 묵묵히 고개를 끄덕였다.

블랙비어드의 입가에 알 듯 말 듯한 미소가 피어났다.

"후후! 항구의 잡놈들이 조금 놀라겠군요."

그것은 묘한 기대감이 서린 미소였다.

그러는 사이에도 베르디스호는 빠른 속도로 항구에 접근했다.

항만을 들락거리던 무역선과 고깃배 등의 선원들이 일제히 일손을 멈추고 베르디스호를 돌아보았다. 그들은 너도나도 경악한 눈길과 놀란 표정으로 베르디스호를 관찰하기에 바빴다.

"저, 저건 대체 어느 나라의 배지?"

"맙소사, 뭐가 저렇게 커!"

"이보게, 자넨 저런 배를 본 적이 있나?"

"아니요, 저도 결코……."

베르디스호의 정체를 제대로 파악한 선원들은 단 한 사람도 없었다. 나름 항구와 바다에서 반평생 잔뼈가 굵은 베테랑 항해사들도 그러했다.

사실 그들의 반응은 당연했다.

베르디스호는 거대했다.

로테르담 항구의 가장 큰 전투함보다 세 배 이상 컸다. 어지간한 무역선 정도는 바로 곁에 붙어 있으면 장난감으로 보일 정도였다.

게다가 그 웅대한 덩치에 걸맞은 위용 또한 위풍당당했다.

은으로 만들어진 타락 천사 선수상을 제외하고는 선체부터 거대한 마스트, 그리고 돛까지 베르디스호의 외양은 피처럼 붉었다.

또한 다른 전투함이라면 꿈도 꾸지 못할 5개 층의 포열에 배치된 좌우 총 300문의 포문은 보는 이들로 하여금 절로 스산함을 느끼게 만들었다. 말 그대로 바다 위의 요새나 다름이 없었다.

그러한 정체불명의 전투함이 쾌속의 속도로 거침없이 항만을 향해 접근해 오는데 누가 놀라지 아니할까.

결국 로테르담 항만에는 비상이 걸렸다.

부우우우—!

항만의 등대로부터 낮고 묵직한 호른 소리가 울려 퍼졌다. 내항에 대기하고 있던 순찰함과 전투함들이 분주해졌다.

시슬란의 명령은 그때에야 내려졌다.

"선장."

"예, 말씀하십시오."

"적대할 의사가 없음을 알리도록."

"알겠습니다."

블랙비어드가 돌아서서 수하들에게 명령을 내렸다.

망대 위로 올라간 애꾸 항해사가 커다란 깃발을 정해진 법칙에 맞게 흔들었다. 적대적인 의사가 없으며, 입항하기를 원한다는 뜻을 알리는 수기 신호였다.

항구에서의 답은 곧바로 돌아오지 않았다. 그들은 망설이는 것 같았다.

하지만 시슬란도, 블랙비어드도, 베르디스도 저들의 허락을 기다릴 생각은 애초부터 전혀 없었다.

결과적으로 베르디스호는 전혀 속력을 줄이지 않은 채 항만에 진입했고, 거리낌 없이 내항을 가로질렀다.

베르디스호의 그러한 진격은 항만의 전투함이나 순찰선들로서는 전혀 예상 밖의 것이었다. 그랬기에 그들은 베르디스호의 침로를 막아설 타이밍을 완전히 놓쳐 버렸다.

붉은 전투함이 당장이라도 부두에 충돌할 것처럼 거침없이 돌진했다.

부두의 일꾼들이 비명을 질렀다.

"저, 저 배가 미쳤나 봐!"

"피해라! 부딪친다!"

일꾼들이 놀란 개미 떼처럼 흩어졌다.

하지만 그들이 예상한 파국은 일어나지 않았다.

부두와의 충돌 직전, 베르디스호의 거대한 동체가 믿을 수 없는 각도로 방향을 틀었다. 그리고 거짓말처럼 아무런 저항도 없이 그 자리에 그림처럼 멈추어 섰다.

좌아아아악!

베르디스호가 멈추며 생긴 물기둥이 부두에 뿌려졌다. 졸지에 물벼락을 맞은 일꾼들이 주저앉아 멍하니 눈을 끔벅였다.

"세상에……."

멈추어 선 베르디스호와 부두의 접안 시설 사이에는 단 한 걸음도 되지 않는 간격만이 남아 있었다.

그들은 장담할 수 있었다.

지금껏 수많은 배와 선장과 항해사들을 보았지만 이렇듯 쾌속하고 정교한 솜씨로 배를 다루는 이들은 결코 본 적이 없노라고.

그 무거운 침묵을 뚫고 쇳소리가 울렸다.

좌르륵, 첨벙!

배의 덩치만큼이나 큰 닻이 내려졌다.

웅성웅성.

부둣가의 일꾼들, 상인들, 항구도시의 시민들이 조금씩 몰려들었다. 난데없이 나타난 붉은 전함에 대한 호기심을 이기지 못하고 웅성거렸다. 또한 항만 앞바다에 있던 십수

척의 무역선과 순찰함 등이 베르디스호를 주시했다.

몰려든 이들은 그들 말고도 더 있었다.

삐삐익! 삐이익!

"길을 비켜라! 길을 터라!"

급히 출동한 시의 경비대가 부두로 몰려와 인파를 헤치고 베르디스호를 포위하려 했다.

그때였다.

베르디스호와 부두를 잇는 널빤지가 내려진 것은.

덜컹.

부두에 모여든 사람들의 시선이 높다랗고 거대한 붉은 전투함의 뱃전으로 향했다. 경비대 병사들의 어깨에 긴장이 내려앉았다.

하지만 그들 모두는 제대로 눈을 뜨지 못했다. 정면에서 햇살이 비쳐 눈이 부셨기 때문이다.

그런데 그 햇살이 어느 순간 가려졌다.

"아……."

막 포위를 명령하려던 경비대장이 탄성을 흘렸다.

햇살을 등지며 전투함을 딛고 내려오는 흑발의 사내와 눈이 마주친 까닭이었다.

이유는 몰랐다.

눈길이 마주친 그 순간, 그는 본능적으로 느낄 수 있었다. 저런 자는 자신이 함부로 할 수도 없고, 해서도 안 되는 상대라고.

저벅저벅.

평범한 널빤지를 걸어 내려오는 동작일 뿐이었다.

그런데 왜였을까.

부두에 모여든 수많은 인파가 일제히 숨을 죽인 까닭은.

단 한 사람의 눈치를 살피며 마른침을 삼킨 까닭은.

그러는 사이 흑발의 사내가 육지에 내려섰다.

그의 주홍빛 눈동자가 사람들을 한 차례 훑었다.

이윽고 붉은 입술이 열렸다.

"안내하라."

"……."

예상치 못한 말이었다.

그래서였는지도 모른다. 경비대장이 당황한 얼굴로 되물은 것은.

"……예?"

하지만 시슬란은 더는 같은 말을 하지 않았다. 아니, 아예 입을 열지도 않았다. 다만 물끄러미 경비대장을 바라보았을 뿐이었다.

경비대장의 목덜미에 진땀이 돋아났다.

'대, 대체 뭘 어쩌라는 거야.'

그는 이해할 수 없었다. 왜 자신이 이토록 당황한 것인지. 왜 자신이 허둥거려야 하는지를. 원래 자신은 이 정체불명의 사내를 체포하고 조사하러 대원들을 끌고 온 것이 아닌가 말이다.

하지만 그는 그런 자신의 상태도 자각하지 못한 채 시슬란이 던진 한마디의 뜻을 열심히 궁리해야 했다.

'안내하라고? 대체 누구에게? 보아하니 신분이 평범한 자는 절대로 아니야. 눈빛이나 행동거지로 보아 분명히 귀족, 그것도 고만고만한 귀족은 아닐 터. 그런 자가 경비대장인 내게 대뜸 안내하라고 말하는 거라면 만나려는 대상은…….'

다행히 경비대장은 둔한 자가 아니었다. 아니, 오히려 평소 경비 업무를 보며 수많은 귀족을 접대한 경험 덕에 비상한 눈치를 지니게 된 자였다.

경비대장이 물었다.

"혹시…… 이 도시의 시장님을 뵙길 원하시는 겁니까?"

비로소 시슬란의 입가에 희미한 미소가 떠올랐다.

경비대장은 그걸 긍정의 의미로 해석했다. 내심 다행이라는 생각이 들었다.

하지만 그렇다고 그가 자신 본연의 임무까지 완전히 망각한 것은 아니었다.

"하, 하오나 시장님을 뵙기 위해서는 우선 확실한 신분이 필요합니다. 실례되지만 신분을 증명하실 필요가 있습니다."

"얼마든지."

시슬란이 대답과 함께 꺼내 든 것은 고색창연한 단검, 장미의 맹약이었다.

그가 마나를 주입하자 장미의 맹약에서 카탈리나의 영상이 허공으로 뿌려져 나왔다. 부둣가에 모여든 모든 사람이 휘둥그레진 눈으로 그것을 쳐다봤다.

"하하……하."

경비대장도 장미의 맹약이 어떤 물건인지 잘 알고 있었다. 그러나 장미의 맹약보다도 더 대단한 것은 이 남자의 분위기였다.

로젠 백작가의 여백이 평생을 통틀어 한 사람에게만 준다는 물건을 꺼내면서도 그것을 대수롭지 않게 생각하는 모습이었다.

경비대장은 시슬란에게 예를 취했다.

"제가 안내해 드리겠습니다."

대장이 앞장서서 길을 텄다. 영문을 몰라 모여들었던 뱃사람들과 부두의 일꾼, 시민들이 양쪽으로 갈라졌다.

그 사이를 시슬란이 걸었다.

원래 그를 체포하러 왔던 경비대장과 경비대원들은 되레 시슬란을 호위하며 시장 관사까지 그를 안내하는 처지가 되어 버렸다.

*　　*　　*

목적지는 그리 멀지 않았다. 항구 전체가 내려다보이는 언덕 위의 새하얀 대저택이 시장 관저였다.

그곳으로 안내된 시슬란은 관저 1층의 응접실 소파에 다리를 꼬고 앉았다.

"잠시만 기다려 주십시오. 조만간 내려오실 것입니다."

시슬란은 집사의 말을 한 귀로 흘리며 저택 내부를 관찰했다. 그리고 조용히 감각을 집중하여 마나의 흐름을 살폈다.

이곳의 마나 흐름은 지극히 자연 상태 그대로였다.

'이상한 점은 없군. 아니, 오히려 이게 이상한 건가.'

시슬란의 표정이 살짝 굳었다.

정말로 이상한 일이었다.

통상적으로 시장 관저와 같이 중요한 장소에는 방어나 보안을 목적으로 하는 마법적인 장치가 있곤 했다. 지금껏 이곳 솔라리스 대륙에서 시슬란이 겪어 본 바로는 항상 그러했다.

그런데 지금 이곳 시장 관저의 마나 흐름은 지극히 자연스러웠다. 마법진이 움직이고 있다고 믿기 어려울 정도로.

아니, 어쩌면 이곳에 설치되었던 마법진이…….

그때였다.

"꺄아아아악—! 시장님!"

위층에서 돌연 날카로운 비명이 울렸다. 목소리로 보아 여인의 것이었다.

이어서 시장 관저 내부에 불길한 소란이 일었다.

"……."

무슨 일일까.

시슬란은 자리에서 일어나 응접실 문을 열고 대리석이 깔린 메인 홀로 나왔다. 그곳에서 그가 본 것은 급히 2층 계단을 뛰어 내려오는 경비대의 무리였다.

그런데 그들을 인솔하는 경비대장의 안색이 무척이나 창백했다. 마치 못 볼 것을 본 사람의 표정 같았다.

"무슨 일인가?"

"시, 시장님께 변고가……. 이럴 때가 아닙니다. 저는 이만……."

경비대장은 주절거리듯 간신히 답하고는 수하들을 끌고 정신없이 사라졌다. 이내 시장 관저 근처를 샅샅이 수색하는 경비병들의 분주한 모습이 보였다.

"……."

시슬란은 2층으로 올라갔다.

복도에 모여 서서 수런거리는 하인, 하녀들이 보였다. 그들의 표정은 하나같이 창백하고 불안해 보였다. 그리고 모두가 한 곳을 보고 있었다.

그들의 시선이 향하고 있는 곳은 바로 복도 끝의 문이었다.

시슬란은 직감했다.

그곳에서 무언가 일이 벌어졌음을.

뚜벅뚜벅.

복도를 가로질렀다.

경비병 몇몇이 그를 제지하려 들었다. 하지만 그들은 시슬란과 눈이 마주치는 순간 자연스러운 분위기에 압도당하여 움찔하며 물러났다.

이윽고 문을 열고 안으로 들어간 시슬란은 입을 한일자로 굳히고 말았다.

"……."

안쪽 건너편 테라스 바닥에 쓰러진 뚱뚱한 사내가 보였다. 쓰러진 사내의 주위, 새하얀 테라스 바닥은 이미 붉은 피로 흥건하였다.

시슬란의 등장을 알아차린 집사가 황급히 다가왔다.

"이, 이곳은 외부인이 함부로 오시면……."

"저자가 이곳의 시장인가?"

"그건……."

"맞군."

시슬란은 기사들을 헤치고 시장의 시신을 살폈다. 그리고 단박에 깨달았다.

'깔끔한 칼 솜씨다. 단 한 번의 칼질로 명을 끊었어. 그것도 숨이 끊어지는 시간마저 철저하게 마음껏 조절했을 정도로.'

비로소 시슬란은 시장 관저의 마나 흐름이 자연스러웠던 이유를 깨달았다. 시장의 목숨을 취한 자가 앞서 침투하는 과정에서 관저의 마법진을 부숴 버렸으리라.

거기까지 생각하던 시슬란은 이상한 것을 발견했다.

이윽고 그가 테라스 난간 위에서 집어 든 것은 순금으로 만들어진 반지였다.

머리 셋 달린 뱀 머리 문양의.

'부활의 사도……. 역시 추측이 맞았군.'

로테르담의 시장이 부활의 사도의 하수인이거나, 최소한 그들과 연관을 지니고 있으리라 생각했던 시슬란이었다. 그래서 그를 만나러 이곳까지 온 것이다.

그런데 자신의 도착에 앞서 부활의 사도가 미리 시장을 처치한 것을 보니 분명 일전의 추측이 맞으리란 느낌이 강하게 들었다.

시슬란은 반지를 챙기며 시장의 시신을 향해 눈인사했다.

"죽음은 언제나 안타깝고 슬픈 법이지. 이 예기치 못한 사고에 애도를 표하는 바이다."

그의 얼굴은 진지했다.

그만큼 무표정했다.

시슬란은 죽어 버린 자에게는 볼일이 없었다. 집사가 제지하기도 전에 몸을 돌려 거침없이 집무실을 나선 그는 시장 관저를 떠나 항구에 정박하고 있는 베르디스호로 돌아왔다.

2

그날 베르디스호에는 시장 관저에서 나온 기사 몇몇이 다녀갔다.

시장이 시체로 발견되었던 시각에 시슬란이 시장 관저에 있었다는 것이 그 이유였다. 즉, 그들은 시슬란을 시장 암살의 유력한 용의자 중 하나로 의심하고 있었다.

하지만 그들의 논리는 시슬란의 몇 마디 말에 금방 박살 나고 말았다.

"내가 이 항구에 도착해 육지에 내려선 순간부터 시장 관저에 도달하기까지 그대들의 경비대장이 내 곁을 지켰다. 그렇다면 과연 내가 언제 고 마르켈리오 시장을 암살할 수 있었다는 말인가. 내 몸이 두 개라도 되는 건가?"

"그건……."

"여기서 더 나를 의심하는 것은 내 명예를 얕잡아 본다는 뜻이겠지. 그렇지 않은가?"

"겨, 결코 의심하는 건 아닙니다."

기사들은 진땀을 뻘뻘 흘리며 물러났다. 그리고 두 번 다시 베르디스호를 찾아오지 않았다.

그들을 돌려보낸 시슬란은 자신의 선실에서 반지를 꺼내 살폈다.

"……."

머리 셋 달린 뱀, 히드라.

그 여섯 개의 눈동자가 시슬란을 마주 보았다.

절로 섬뜩한 느낌이 드는 눈동자였다.

그때였다.

"그건 뭐지?"

붉은 안개와 함께 시슬란의 뒤에서 베르디스가 모습을 드러냈다.

그녀는 이 전투함 안에서라면 어떤 공간이라도 마음대로 모습을 숨기고 드러낼 수 있었다. 그녀가 곧 이 전투함이고, 이 전투함이 곧 그녀인 덕분이었다.

이미 그녀의 등장을 알고 있었던 시슬란이 대꾸했다.

“시장이 암살당했다. 이 물건은 그의 시신 옆에 놓여 있었고.”

시슬란은 베르디스에게 반지를 건네며 아까 관저에서 있었던 일들을 간략히 설명했다. 그걸 들은 베르디스의 표정이 점점 경직되었다.

“어? 이건…….”

바짝 마른 입술을 깨물며 베르디스가 말을 이었다.

“예전, 그러니까 가디언이었던 시절 보았던 부활의 사도들의 반지야. 그들이 끼고 있던 것과 모양이 완벽히 같아.”

반지를 바라보는 그녀의 눈동자에서 이글거리는 원념이 쏟아져 나오는 것만 같았다.

그런데 그 순간이었다.

츠츠츠츠……!

반지에서 기묘한 소리가 흘러나왔다. 그러더니 반지 전체가 엄청난 열기와 함께 시뻘겋게 달아오르기 시작했다.

"아앗?"

깜짝 놀란 베르디스가 손을 움츠렸다. 그녀가 놓친 반지가 바닥에 떨어졌다.

철벅!

달아오른 반지는 이미 반쯤 녹아 있었다. 흐물흐물해진 액체 순금이 선실 바닥에 튀었다. 뜨거운 액체 금속에 닿은 나무 바닥에서 불꽃이 피어났다.

"이런……."

삽시간에 매캐한 연기가 퍼졌다. 베르디스가 재빨리 움직여 발로 불을 밟았고, 곧 불길은 사그라졌다.

하지만 불길이 꺼진 자리에는 미처 예상치 못했던 흔적이 남았다. 불에 탄 자국이 몇 자의 글귀를 이루고 있었다.

두 번째 마나홀은 금관 독수리의 심장에 있다.

"……."

글귀를 접한 시슬란의 미간이 좁혀졌다.

"크윽……! 이건 대체 뭐야?"

베르디스가 한쪽 손과 팔을 매만지며 인상을 찌푸렸다. 반지를 들고 있었던 그녀의 손바닥은 화상을 입어 붉게 물들어 있었다. 그리고 손목 위 하얀 팔뚝에도 선실 바닥에 새겨진 글귀와 같은 모양의 화상 자국이 새겨져 있었다.

시슬란은 그걸 보며 새삼 베르디스가 이 전투함과 한몸이라는 사실을 실감했다. 하지만 그러한 감상은 거기까지일 뿐, 그는 바닥에 새겨진 글귀를 향해 다시 시선을 돌렸다.

'두 번째 마나홀?'

시슬란은 생각을 정리했다.

우선 시장의 시신 곁에서 발견해 가지고 온 반지는 부활의 사도가 남기고 간 것이 분명했다. 그런데 반지가 메시지를 전달했다.

부활의 사도가 반지를 통해 말하고 있는 듯했다.

두 번째 마나홀이 있는 곳을 알려 줄 테니 그곳으로 가라고.

'설마 저들은 내 움직임을 일일이 다 파악하고 있었던 것인가?'

그렇게 볼 수밖에 없었다.

그렇지 않다면 그가 도착하는 시간에 맞추어 시장을 암살한 것도, 시장의 시신 곁에 메시지를 담은 반지를 눈에 띄게 둔 것도 설명되지 않을 테니까.

시슬란이 그런 생각을 하고 있는데 베르디스가 말했다.

"어차피 이쪽도 다음 마나홀의 위치를 찾고 있었는데 잘

됐군? 하지만 뭔가 찝찝해. 왜 저들이 그쪽에게 이런 호의를 베푸는 거지? 쳇, 기분 나쁘게."

그녀의 말은 옳았다. 마나홀의 위치를 알게 된 것은 이쪽으로서도 수고를 덜게 되었다 볼 수 있으니 괜찮은 일이었다. 하지만 부활의 사도의 속내를 알 수 없다는 점은 아무래도 찜찜했다.

게다가 문제는 그것만이 아니었다.

"금관 독수리의 심장이라……."

그 수수께끼 같은 말이 정확히 어떤 장소를 지칭하는지 선뜻 생각나지 않았다. 하지만 잠시 후, 시슬란의 뇌리에 문득 떠오른 것이 있었다.

그가 상기한 것은 바로 예전 로젠 백작가의 도서관에서 본 서적에 있던 내용이었다.

'금관을 쓴 독수리. 솔라리스 대륙 서부를 통치하고 있는 위나드 왕국의 상징이 아닌가.'

기억을 따르자면 분명히 그랬다.

'그런데 두 번째 마나홀이 그 독수리의 심장에 있다? 그렇다면……'

시슬란은 결론을 내렸다.

금관 독수리는 위나드 왕국.

그렇다면 심장은 왕국의 심장부인 수도.

두 번째 마나홀은 위나드 왕국의 수도에 있는 것이다.

거기까지 생각한 시슬란은 베르디스에게 자리를 비켜 달라 말했다.

그는 선실에 홀로 남아 생각을 가다듬었다. 수많은 가능성과 그에 따른 결과들이 뇌리에서 춤을 추었다. 그는 거기에서 얻어진 결론들을 토대로 앞으로의 계획을 점검해 나갔다.

다음 날, 날이 밝자마자 시슬란이 가장 먼저 한 일은 항구도시의 연락소 길드를 찾은 것이었다. 그곳에서 그는 로젠 백작가에 전서구를 띄웠다.

푸드득.

편지를 담은 전서구가 동쪽을 향해 날았다.

답신이 돌아온 것은 엿새 후였다.

연락소 길드에서 보낸 조합원이 베르디스호를 찾아왔다.

"여기 답신이 왔습니다."

시슬란은 쪽지를 펴들었다. 그리고 만족한 표정을 지었다.

쪽지에는 로젠 백작령의 여백 카탈리나가 손수 쓴 정갈한 글귀가 쓰여 있었다.

당신의 제안을 받아들이겠습니다. 하지만 잊지 말아 주세요. 당신은 본 가문의 은인입니다. 우리는 당신의 어떠한 요청에도 응할 준비가 되어 있답니다. 그 언제든지요.

답신의 내용은 그리 길지 않았다.

동시에 그것은 시슬란이 원하던 것이기도 했다.

그는 블랙비어드 선장을 호출했다.

"부르셨습니까?"

시슬란은 블랙비어드 선장을 보며 대뜸 말했다.

"그대는 무역을 해볼 생각이 없는가?"

"예?"

"내가 듣기로 그대는 일찍부터 무역상이 되는 것을 꿈꾸었다고 하더군. 맞는가?"

"그, 그걸 어떻게……."

블랙비어드 선장의 얼굴이 벌겋게 달아올랐다. 그것은 오랜 시간 남몰래 품어 온 그만의 소망이었다.

시슬란이 말했다.

"모름지기 바다를 무대로 한다면 좀도둑 같은 해적질보다는 상권을 쥐락펴락하는 거대 무역상이 되는 편이 보기에도 훨씬 좋겠지. 그렇지 않나?"

"그건 그렇긴 하지만……."

블랙비어드는 그답지 않게 잠시 머뭇거리다가 입을 열었다.

"무역을 시작하려면 자금이 만만치 않게 필요합니다. 게다가 자금이 확보된다 해도 이름 있는 귀족가가 공식적인 후원을 해주지 않으면 아무도 거래를 터주지 않습니다. 마음이 있다고 해서 마음대로 할 수 있는 일은 분명 아니지요."

그의 말은 옳았다.

하지만 시슬란은 괘념치 않았다.

"필요한 것은 자금과 후원, 그 두 가지뿐인가?"

"당연합니다만, 대관절 그건 왜 물으시는지……."

돌아온 시슬란의 대답이 블랙비어드 선장의 어안을 벙벙하게 만들었다.

"로젠 백작가가 공식적으로 우리의 무역 거래의 후원자가 되기로 약속했다. 물론 무역 상회의 주인은 내가 될 것이며, 그대는 상회 직속 함대의 기함 베르디스호의 함장이 될 것이다. 어떤가?"

"……예?"

"물론 급료는 이전보다 인상될 테지. 그래, 내 조건이 마음에 들지 않는가?"

"그, 그건……."

꿀꺽.

블랙비어드의 목울대가 출렁였다.

믿을 수 없는 이야기였다.

무역 상회를 차린다니, 그건 정말로 아무나 할 수 있는 일이 아니었기에.

문득 시슬란의 정체가 궁금해졌다. 대체 어떤 사람이기에 이런 비현실적인 일을 너무나 쉽게 척척 추진하는 것인지 이해가 가질 않았다. 아니, 어쩌면 근본부터 자신과 같은 보통 사람과는 전혀 다른 사람이 아닌가 싶은 생각마저 들었다.

하지만 블랙비어드는 단지 상대의 호의에 감격해 균형을 잃는 순진한 사내가 아니었다.

그래서였다.

그의 표정이 굳은 것은.

"그럼 하나만 여쭙겠습니다. 대체 제게 왜 이렇게 잘 대해 주시는 것입니까?"

"그걸 듣고 싶은가?"

"당연하지요. 저는 얼치기가 아닙니다. 만약 그 정도로 멍청했다면 지금껏 이 험한 바다에서 살아남을 수도 없었을 겁니다. 그러니 이 질문에 대한 답만큼은 꼭 들어야겠습니다. 대체 왜 이런 호의를 베푸는 겁니까?"

평소의 그답지 않게 진지한 모습이었다.

시슬란이 피식 웃었다.

"여러 이유가 있지. 하지만 그중에서도 첫째는 지금 이런 모습 때문이다. 적당히 의리를 지키면서 적당히 손해를 보지 않으려는 사람. 그걸 실제로 해내면서도 욕을 먹지는 않는 사람. 뜻밖에도 찾기 어렵지, 이런 사람은."

"허허, 그렇게 대놓고 칭찬하시면 감사합니다?"

"앞으로 감사할 일이 더 많아질 텐데 벌써 일일이 감사하면 쓰나."

"미리 다 감사드렸다고 생각하십쇼."

시슬란은 역시나 속도 지향적인 사내다운 답변이라 생각하며 손을 내밀었다.

악수하던 블랙비어드 선장이 고개를 갸웃거렸다.

"가만, 그런데 상회의 이름은 생각해 두신 것이 있습니까?"

"상회의 이름이라."

잠깐 생각하던 시슬란의 입가에 옅은 미소가 피었다.

"루나리언 무역 상회가 좋겠군."

3

그날 이후로 블랙비어드는 무척 바빠졌다. 그는 루나리언 무역 상회의 등록과 설립에 필요한 준비를 해 나갔다.

그렇게 며칠의 시간이 더 흘렀다.

그리고 마침내 시슬란이 기다리던 것이 왔다.

바로 로젠 백작가의 공식 후원을 증명하는 서류와 자금이 도착한 것이다.

그런데 그것들을 가지고 온 이가 뜻밖의 인물이었다.

"뭘 봐? 오랜만에 보니까 반가워서 또 한판 붙고 싶은 건가? 이번엔 내가 팔모가지를 부러뜨려 줄까?"

야니카의 거친 입담은 여전했다.

그래도 그녀의 얼굴에는 반가운 미소가 가득했다.

"여백님께서 직접 오시려는 걸 만류하느라 얼마나 진땀을 뺐는지 몰라."

야니카의 너스레에 비로소 시슬란도 미소를 짓고 말았다. 카탈리나와 야니카가 승강이를 벌였을 모습이 눈에 선했기 때문이다. 둘은 여전히 주군과 신하이면서도 동생과 언니처럼 아옹다옹하며 지내는 모양이었다.

하지만 반가운 만남은 그리 오래 이어지진 못했다.

야니카의 일이 바빴기 때문이다.

"그럼 난 이만 가야겠어. 난 이곳 시장의 장례식에 참석할 로젠 가문의 대리인이기도 하거든. 오늘 오후에 장례식이 있으니 더는 미적거리기 어려워."

야니카는 그 말과 함께 가지고 온 서류와 수표를 건네었다.

"그런데 그쪽이 말한 수하는?"

"아래에서 쉬고 있다."

"하하, 팔자 좋은 부하네. 좋겠어, 관대한 주인을 모셔서."

"어쨌거나 잘 부탁한다."

"맡겨 둬."

사실 시슬란이 카탈리나에게 서신을 보내면서 부탁한 것은 두 가지였다.

하나는 루나리언 무역 상회의 운영을 위한 자금을 빌리는 것이었고, 나머지 하나는 아리안의 보호였다.

지금 아리안의 몸 상태는 그야말로 최악이었다.

본인의 의지력이 너무나 강해 티를 안 내고 있었지만 시슬란은 알고 있었다.

아리안은 배에서 지낼 상태가 아니었다.

이대로 둔다면 큰 병을 얻거나 목숨이 위험할 수도 있었다. 그럴 바엔 차라리 로젠 백작가에 몸을 의탁시켜 좋은 환경에서 휴식을 취하고 건강을 찾게 하는 편이 나았다.

게다가 로젠 백작가는 대대로 변방에서 투쟁을 겪으며 생존한 가문이었다. 덕분에 부상을 치료하는 데에도 뛰어난 능력을 지니고 있었다. 일이 잘 풀린다면 아리안의 뒤틀린 사지를 정상으로 만들어 줄 수도 있었다.

시슬란은 거기에 희망을 걸고 있었다.

아리안이 예전처럼 검을 잡지는 못하더라도, 적어도 정상적인 삶 정도는 살게 해주고 싶었다. 그게 자신을 위해 목숨을 바쳤던 수하를 위해 주군으로서 해줄 수 있는 최소한의 도리라고 믿었다.

어쨌건 그런 속사정을 전해 들은 야니카는 묘한 눈초리로 시슬란을 쳐다보았다.

의외였다.

냉담한 줄로만 알았는데 자신의 수하에게는 이런 모습도 보이는 사람이구나 싶었다.

그래도 그녀는 자신의 마음과는 전혀 딴판인 말을 꺼냈다.

"그날 이후로 난 많은 훈련을 쌓아 왔어. 조심해, 조만간 다시 도전장을 내밀 테니까."

"얼마든지."

"칫, 내가 겁 안 난다는 뜻으로 들리는데?"

야니카는 그 말을 끝으로 베르디스호를 떠났다. 그리고 아쉬움 가득한 얼굴로 시장 관저로 향했다.

그녀는 그렇게 멀어져 갔다.

그 뒷모습을 보며 블랙비어드가 어깨를 으쓱거렸다.

"후우! 단칼의 야니카라, 그래도 소문처럼 강력해 보이진 않는데요?"

"그런가?"

시슬란의 입가에 쓴웃음이 피었다.

그는 알고 있었다.

블랙비어드는 거친 바다 사나이지만 야니카에겐 상대도 되지 않을 것이다. 하지만 시슬란은 구태여 그런 사실을 지적해서 수하의 기를 꺾지는 않았다.

그에게는 더 중요한 일이 있었다.

"그럼 이제 나도 위나드의 수도로 떠날 시간이로군."

"네?"

"예상 못 하고 있었나?"

그러고 보니 시슬란은 이미 정복을 모두 갖춰 입고 있었다. 처음에는 로젠 가문의 사람을 맞이하기 위함인 줄 알았는데, 알고 보니 곧바로 떠날 생각이었던 모양이다.

"필요한 절차와 서류와 자금이 모두 갖추어졌으니 이후의 일은 모두 그대에게 맡기기로 하지. 그럼 이만."

그것이 끝이었다.

시슬란은 더 이상의 잡다한 당부조차 없이 그대로 베르디스호의 난간에서 뛰어내렸다. 그리고 블랙비어드가 뭐라 붙잡을 틈도 없이 부둣가를 뚜벅뚜벅 가로질러 멀어져 갔다. 그저 산책이라도 하듯 너무나 가볍고 자연스러운 걸음걸이였다.

그때였다.

“저, 저기…… 잠깐만!”

뾰족한 외침이 부둣가의 오후 햇살을 가로질렀다.

어느새 갑판에 모습을 드러낸 베르디스가 다급한 표정으로 입가에 손나발을 만들고 있었다. 지금까지 조용히 있다가 시슬란이 갑작스레 떠나게 됨을 알자 모습을 드러낸 것이다.

그녀의 외침이 재차 부둣가에 울렸다.

“나, 난 이 배를 벗어나지 못하니까 여기서 말할게! 고마워! 그리고 꼭 돌아와! 알았지?”

베르디스의 얼굴이 달아올랐다.

멈칫.

시슬란의 걸음이 멈추었다.

호흡이 두 번 이어지는 아주 잠시의 시간 동안만.

그는 끝내 뒤를 돌아보지 않았다.

걸음이 다시 이어졌다.

그런데 그것은 착각이었을까.

"……."

부둣가를 벗어나 시내의 모퉁이를 돌기 직전, 시슬란의 한 손이 살며시 들렸다. 걱정하지 말라는 듯한 손짓이었다.

그렇게 그는 사라졌다.

"아……."

오후 햇살이 가득한 갑판 위에 베르디스의 긴 한숨이 내려앉았다.

로테르담 시내를 벗어난 시슬란은 곧바로 남쪽 성문을 빠져나왔다.

이별은 아쉬웠지만 어쩔 수 없었다.

그래도 한 사람, 아리안만은 신경이 쓰였다.

자신이 떠나는 걸 알면 불쌍한 눈초리로 만류할까 봐 알리지 않았는데 그게 계속 마음에 걸렸다.

'나중에 로젠 백작가로 돌아가면 잔소리 좀 들을지도.'

어쨌건 시슬란은 앞으로의 여정을 떠올리며 계속 걸음을 옮겼다.

'위나드 왕국.'

그가 향하는 곳은 위나드 왕국의 수도 윈덤 성이었다.

어떤 의도인지는 모르겠으나, 부활의 사도는 그에게 윈덤 성에 두 번째 마나홀이 있음을 암시하였다. 물론 찜찜한 구석이 없는 건 아니었지만 시슬란은 이번 기회를 최대한 활용할 생각이었다.

항구도시를 떠나고 얼마 지나지 않아 해가 저물었다. 빠른 속도로 땅거미가 지고 어둠이 깔렸다.

그때부터 시슬란의 걸음에 속도가 붙었다.

사방에서 피어난 그림자가 그의 몸을 감쌌다. 그는 그 그림자를 타고 이동했다. 최고 속도로 달리는 준마보다도 훨씬 빠른 속도였다.

그렇게 얼마나 움직였을까.

동쪽에서 해가 떠올랐다.

비로소 그의 걸음이 멈추었다. 그는 근처의 그늘이 짙은 곳을 골라 그림자 속에 자신의 몸을 숨겼다. 그리고 그 안에서 휴식을 취했다.

시슬란은 매일 그런 식으로 움직였다. 여행은 순탄했으며, 앞을 가로막는 장애는 아무것도 없었다. 이대로만 간다면 며칠 지나지 않아 위나드 왕국의 국경을 넘을 수 있으리라.

그런데 항구도시를 떠난 지 닷새째.

시슬란이 야밤의 그림자를 타고 내달리던 때였다.

"꺄아악!"

난데없는 비명이 그의 귓가를 자극했다.

그 소리에 시슬란의 걸음이 멈추었다.

아니, 정확히는 비명에 뒤이어 나온 고함에 그의 걸음이 멈추었다.

"조용히 못해! 이걸 그냥 콱!"

거친 음성.

그것은 분명 시슬란의 기억에 있는 목소리였다. 하지만 그 음성을 어디서 들어 보았는지는 금방 떠오르지 않았다.

'누구지?'

시슬란의 눈썹이 찡그려졌다.

게다가 이곳은 사람의 인적이 없는 황야였다. 이런 장소에서 비명과 거친 고함이 들리는 것도 의아한 일인데 그 고함이 귀에 익었다.

의아해진 시슬란은 그쪽으로 걸음을 옮겼다.

야트막한 언덕을 넘어서자 낡은 마차 한 대가 세워져 있는 게 보였다. 그리고 마차를 둘러싸고 있는 허름한 차림의 사내 다섯 명이 보였다. 그들은 체구가 작은 소녀를 마차에서 끌어내리고 있었다.

시슬란은 그들을 향해 걸어갔다.

하지만 사내들과 소녀는 누구 하나 그의 접근을 알아차

리지 못했다.

사내들의 행동은 가관이었다.

"흐흐흐, 오랜만에 몸 좀 풀겠구먼."

"비켜! 내가 먼저야."

놈들은 게슴츠레한 눈빛으로 소녀를 핥듯이 노려보았다.

그 눈빛을 마주한 소녀의 표정에 절망이 서려 갔다.

그때였다.

"이게…… 어떻게 된 일이지?"

급하고 지저분하게 돌아가는 상황과는 전혀 어울리지 않는 목소리가 내리깔렸다. 차분하지만 알 수 없는 힘이 담긴 음성이었다.

덕분에 사내들의 움직임이 멈추었다.

다음 순간, 그들은 허리춤에서 조잡한 무기를 분분히 꺼내 들었다.

"누구냐?"

사내 중의 하나가 묻는 순간, 소녀의 뒤에서 누군가의 그림자가 나타났다.

바로 시슬란이었다.

그런데 시슬란의 얼굴에는 알 수 없는 경멸이 가득 담겨 있었다. 그는 아직도 자신을 발견하지 못한 사내들을 바라보았다.

사내들은 다름 아닌 로테르담에서 시슬란이 풀어 주었던 노예들이었다.

그의 목소리에 경멸감이 스몄다.

"어리석은! 고작 이런 일을 벌이라고 내가 그대들에게 자유를 베풀었단 말인가?"

시슬란의 목소리는 더없이 싸늘했다.

돌연 들려온 그의 음성에 사내들이 깜짝 놀라 돌아섰다.

3장.

윈덤 성에 진입하다

1

"헉?"

시슬란은 사내들의 얼굴을 하나하나 확인했다. 기억에 있는 얼굴들이었다. 바로 로테르담에서 그가 해방시킨 노예들이었기 때문이다.

마찬가지로 사내들도 시슬란을 알아보았다.

"시, 시슬란 님……?"

"대, 대체 여기엔 어쩐 일로……."

그들의 불쌍한 태도에도 시슬란은 얼음 가면을 쓴 듯 표정 하나 바뀌지 않았다.

"대답하라."

"……예?"

"무슨 일을 벌이고 있었는가?"

꿀꺽.

사내는 일시에 벙어리가 되어 버렸다. 다른 사내들도 마찬가지였다. 오로지 겁에 질린 소녀의 거친 숨소리만이 차츰 잦아들며 달빛에 녹아들 뿐이었다.

그렇게 하얀 입김이 몇 번이나 토해졌을까.

황급히 표정을 수습한 마른 사내가 변명을 늘어놓았다.

"저, 그게…… 사실 이 계집은 조, 좀도둑입니다. 이년이 가증스럽게도 몸을 팔겠다는 핑계로 접근해 놓고서는 저희 주머니를 뒤져서 도망을 치려 하기에 따끔히 혼을 내주려고……."

그때였다.

"거짓말입니다!"

소녀가 울부짖으며 외쳤다.

"저, 저들이 절 겁탈하려 했어요! 게다가 그걸 막으려던 제 동행을 끔찍하게 살해했어요. 저, 전…… 전…… 으흐흑!"

소녀의 외침에 사내들의 안색이 창백해졌다.

시슬란의 표정이 더욱 차갑게 굳었다.

그가 한 걸음을 내디뎠다.

저벅.

"그, 그게…… 저 계집의 말은 거짓입니다."

"거짓말은 그대들이 하고 있겠지."

"예? 아니, 그게 아니고……."

"그럼 이건 어떻게 설명할 텐가?"

시슬란이 손을 뻗어 마른 사내의 손목을 낚아챘었다.

마른 사내는 작은 주머니칼을 쥐고 있었는데, 그 칼날에는 피가 묻어 있었다.

시슬란이 다른 손으로 마차를 가리켰다.

마부석에 청년 하나가 쓰러져 있었다.

미동도 없는 것이 죽은 것 같았고, 목에서 흘린 피가 바닥에 웅덩이를 만들고 있었다. 그 상처의 크기가 마른 사내가 들고 있는 주머니칼의 칼날과 똑같았다.

마른 사내가 황급히 변명했다.

"이, 이건 저놈이 먼저 우리를 해하려고 하기에……."

"저 청년 혼자서 그대들 다섯 명을 해하려고 했단 말인가? 그것도 여자를 동행으로 데리고 있던 사람이?"

"으으, 그건……."

시슬란은 변명을 듣지 않았다.

샤아아아……!

시슬란의 주변에서 그림자가 스멀스멀 피어나 사내들의

머리 위를 덮어 갔다.

거대한 압력이 그들을 짓눌렀다.

"으크……! 으그그극!"

사내들의 얼굴이 벌겋게 달아올랐다.

핏줄이 곤두섰다.

눈에 핏발이 툭툭 불거졌다.

하지만 그들은 끝까지 자신들의 잘못을 시인하지 않았다.

그리고 마침내.

와지직, 콰직!

"케엑."

"끅!"

다섯 사내의 몸에서 불길한 소리가 울렸다.

그와 동시에 시슬란의 한쪽 귀에 걸려 있던 검은 빛깔의 마나 크리스털 귀걸이가 사내들을 끌어당겼다.

슈화아아악!

"……!"

사내들은 비명조차 남기지 못하고 순식간에 작은 귀걸이 속으로 빨려 들어갔다. 그들의 절규는 메아리가 되어 마나 크리스털 속을 맴돌다가 서서히 소멸당했다.

"괜찮은가?"

"저, 저는……."

소녀는 겁먹은 표정으로 엉거주춤 일어났다. 옷이 군데군데 찢겨 있었고, 머리칼과 얼굴은 흙투성이였다. 맞았는지 한쪽 눈가에는 멍도 들어 있었다.

시슬란의 시선이 마차를 향해 움직였다. 마부석의 청년은 역시나 죽어 있었다.

시슬란은 소녀가 황야에 혼자 남은 신세임을 알았다. 그리고 이 일에 자신 또한 약간의 책임이 있음도 깨달았다. 어쨌거나 자신이 해방시킨 노예들에 의해 일어난 일이 아닌가.

그가 물었다.

"습격을 받은 건가?"

"네……. 도와주셔서 정말이지……."

"어디로 가는 길이었지?"

"네?"

시슬란의 입가에 희미한 쓴웃음이 배었다.

"방향을 보아 목적지가 비슷하다면 동행하겠다는 뜻이다."

"아……."

그제야 소녀의 얼굴에 약간의 생기가 피었다. 그녀는 터져 나오는 눈물을 황급히 닦아 내며 대답했다.

"위, 위나드 왕국으로 가는 길이었습니다."

"잘되었군."

시슬란은 곧바로 마차에 올랐다. 하지만 그가 탄 자리는 마부석이 아니었다. 그는 태연히 마차 뒷문을 열고 그 안에 자리를 잡고 앉았다.

그런데 문제는 둘 중의 한 사람은 마차를 몰아야 한다는 점이었다.

"저, 저기…… 전 어디에 타면 되죠?"

소녀는 매우 당연하게 여자인 자신이 뒤에 타야 한다고 믿고 있는 듯했다. 일반적인 상식으로는 그게 맞기는 했다. 하지만 문제는 상대가 시슬란이라는 점이었다.

시슬란이 여전히 냉담한 음성으로 말했다.

"나는 동행하겠다고만 했지 마차를 몰겠다고 하지는 않았다."

"……."

"설마…… 내가 이런 마차나 몰고 다닐 사람으로 보였던 건가?"

"그, 그건 아닙니다."

소녀는 허둥거리며 마부의 시신을 묻었다. 그리고 자신이 직접 마부석에 앉았다.

"이, 이랴."

덜커덩.

마차는 어설픈 모습으로 움직이기 시작했다.

*　*　*

시슬란은 소녀의 이름조차 묻지 않았다. 조용한 침묵 속에서 마차는 덜컹이며 남쪽으로 향했다. 그리고 이틀 후, 위나드 왕국의 국경에 도달했다.

국경을 통과하는 것은 어렵지 않았다. 소녀의 신원이 확실한 덕분이었다. 물론 검문소의 병사들이 마차에 탄 시슬란과 마부석의 소녀를 보며 고개를 갸웃거리긴 했다.

“저거, 뭔가 좀 이상하지 않은가?”

“그렇지. 원래라면 반대가 정상 아니오? 남자가 몰고, 여자가 타고.”

“역시, 남자가 능력자네.”

“아하, 그런가 보군.”

병사들의 수군거림을 뒤로하고 마차는 국경을 넘었다. 그리고 다시 닷새 후, 위나드 왕국의 수도 원덤 성에 당도했다.

그곳에서 시슬란은 처음으로 마차에서 내렸다.

“덕분에 편하게 왔군. 그럼 이만.”

그는 무심하게 윈덤 거리의 인파 속으로 사라졌다.

그런 시슬란의 뒷모습을 보는 소녀의 표정은 여전히 풀 죽은 모습이었다.

그런데 어쩐 일일까.

"하아……."

돌연 소녀의 입에서 한숨이 새어 나왔다.

그때부터였다.

소녀의 표정과 인상에 변화가 찾아온 것은.

유약해 보이던 눈매에 차가운 기색이 서렸다. 약간 멍해 보이던 입가는 뜻 모를 각도로 말려 올라갔다. 작은 얼굴에 가득하던 풀 죽은 표정은 간데없이 어느덧 치명적이면서도 도발적인 웃음만이 가득 서렸다. 그리고 입가에 흔적도 없던 애교 점마저 생겨났다.

바람이 불었다.

소녀의 옷깃이 펄럭이며 새하얀 목덜미가 드러났다. 그곳에는 머리 셋 달린 뱀 문양의 낙인이 작게 찍혀 있었다.

소녀가 되뇌었다.

"세 분의 사도와 네 분의 마스터께서 기나긴 시간 동안 풀지 못했던 마나홀의 봉인을 깨뜨린 자라기에 기대했더니……. 생각보다도 훨씬 괜찮은데? 흥미롭네, 정말로. 저 정도일 줄 알았으면 멍청이 로테르담 시장을 처리하고 나서 그를 기다려 직접 만날 것을 그랬나? 후훗."

2

위나드 왕국의 수도 윈덤 성은 솔라리스 대륙 서부에서 가장 큰 도시 중의 하나였다.

하지만 그곳에서 살아가는 사람들의 모습은 그리 아름답지 못했다. 아니, 오히려 그들은 극도의 기아와 빈곤에 시달리고 있었다.

"으으으……. 나리, 제발 빵 한 조각이라도……."

비렁뱅이가 고개를 숙였다. 그 곁에 나란히 있던 어린아이들이 뒤이어 바닥에 넙죽 엎드렸다. 얼마나 굶었는지 아이들의 얼굴에는 광대뼈가 툭 불거져 있었다.

그래도 시슬란은 발길을 멈추지 않았다.

그런데 문제는 이곳이 골목이 아니라 수도의 중앙 대로임에도 그러한 거지들이 득시글거린다는 사실이었다.

"으으……."

"배가 고파요. 벌써 나흘째 굶었어요. 부디 자비를……."

거리에는 온통 굶주린 사람투성이였다.

그렇다고 그 모두가 거지인 것은 아니었다. 개중에는 자유민들도 제법 많았다. 그럼에도 그들마저 헐벗은 모습들이었다. 과연 이곳이 한 나라의 수도가 맞는지 의심스러울 지경이었다.

하지만 시슬란은 그들에게 눈길을 두지 않았다. 대신 모든 감각을 끌어올려 주변의 마나가 흐르는 방향을 민감하게 느꼈다.

이윽고 그는 정상적이지 않은 마나의 흐름을 희미하게 감지할 수 있었다. 그것은 바로 망각의 섬에서 마나홀을 통해 느꼈던 것과 같은 종류의 기운이었다.

시슬란은 괴이한 흐름의 근원이 느껴지는 곳을 향해 시선을 옮겼다. 그러자 왕성이 시야에 들어왔다. 기운은 그쪽에서 흘러나오고 있었다.

'뜻밖이로군.'

앞의 경험으로 비추어 보자면 마나홀은 극히 불안정하며 위험한 존재였다. 게다가 마나를 대량으로 끌어들이는 특유의 성질 때문에 주변 생태계에 심각한 변형을 불러오기도 했다.

그런데 그러한 마나홀의 기운이 왕성에서 느껴진다니, 생각 외였다.

또한, 시슬란은 자신에게 메시지를 전달한 부활의 사도를 새삼 다시 생각할 수밖에 없었다. 마나홀은 정말로 그들의 메시지 그대로 금관 독수리의 심장, 위나드 왕실의 왕성에 있었다.

그렇다면, 혹시 부활의 사도는 위나드 왕실에까지 손을 뻗고 있는 것일까. 그들과 위나드 왕실은 어떤 관련을 지닌 것일까.

시슬란은 계속 걸음을 옮겼다.

그때부터였다.

시슬란의 모습에 변화가 일어나기 시작한 것은.

샤아아아…….

처음에는 여행에 적합한 검은빛 간소한 복장을 하고 있던 시슬란이었다.

하지만 시슬란이 걸음을 옮기며 사람들 곁을 스쳐 지나갈 때마다 지나간 사람의 그림자 일부가 작은 조각으로 떨어져 나와 그의 곁을 맴돌았다.

이내 그림자 조각은 시슬란이 원하는 형태의 브리치스 바지와 러플 커프스 셔츠, 단정한 베스트와 쥐스토코르 코트로 변모하여 그의 몸을 빈틈없이 감쌌다.

그리하여 그는 채 스무 걸음을 걷기도 전에 루나티카 황실의 정복을 입은 모습으로 변모하였다.

그럼에도 주변을 지나는 인파의 무리 중에 그의 변화를 알아챈 사람은 아무도 없었다. 다만 지극히 단정한 시슬란의 옷차림 때문에 선불리 다가가기를 저어하였을 뿐이었다.

덕분에 시슬란이 걷는 길을 따라 인파가 북적대는 대로의 한가운데에 자연스러운 통로가 생겼다.

인파의 통로는 위나드 왕국의 왕성을 향하고 있었다.

*　*　*

잠시 후, 위나드 왕실의 궁내부장은 자신의 직업 인생을 통틀어 가장 독특한 방문객을 맞이해야만 했다.

"뭐라고? 황태자?"

"예, 그렇게 신분을 밝히고 있습니다만……."

궁내부원이 난감한 듯 대답하였다.

그 모습에 늙은 궁내부장이 그만 역정을 내고 말았다.

"대체 무슨……. 황태자라니, 그게 말이 된다고 생각하나? 그리고 자네는 그런 미치광이의 말을 왜 듣고 앉았나? 더 볼 것도 없네. 근위대를 불러 놈을 따끔히 혼내게나. 어딜 감히, 쯧!"

하지만 돌아온 궁내부원의 대답에 궁내부장은 멈칫할 수밖에 없었다.

"그런데 그자를 후원하는 가문이 로젠 백작가라고 합니

다. 혹시나 싶어 확인을 요청했더니 글쎄, 그가 내민 물건이 바로 장미의 맹약이었습니다."

"무, 뭣?"

궁내부장의 눈이 튀어나올 듯 휘둥그레졌다. 그도 장미의 맹약이 어떤 물건인지 잘 알고 있었다.

인접한 토르 왕국의 서부를 지키는 황혼의 방패, 로젠 변경백령의 여백이 자신의 임기를 통틀어 한 사람에게만 증정하는 절대적 후원의 증표가 아니던가.

늙은 궁내부장의 하얀 수염이 떨렸다.

"혹시…… 가짜는 아니던가?"

"아니었습니다."

그러면서 궁내부원이 말했다.

"장미의 맹약은 소문대로 변경백령 여백의 모습과 목소리를 생생하게 비춰 주고 들려 주었습니다. 확실히 진짜가 맞았습니다."

"크흠……!"

궁내부장의 주름이 더욱 깊어졌다.

지금의 솔라리스 대륙에서 황태자를 자처할 수 있는 인물은 단 한 사람밖에 없었다.

바로 동부 제국의 일 황자였다.

하지만 그가 이곳 대륙 반대편의 왕국에 아무런 통보도

없이 올 리는 없지 않은가.

"간 크게도 황태자를 자처하다니 대체……. 그럼 로젠 백작가가 미치광이를 후원한단 말인가? 아니, 그럴 리는 없을 텐데……. 분명 무언가 속임수가 있을 거야. 그래, 그 작자의 방문 목적은 뭐라고 하던가?"

"국왕 폐하를 알현하겠다고 했습니다."

"뭣이?"

궁내부장의 얼굴이 시뻘겋게 달아올랐다. 왕성에 와서 사기를 치는 것도 모자라 감히 국왕 폐하를 능멸하려 하다니. 분노로 인해 하얀 수염이 잘게 떨렸다.

"안 되겠네. 내가 직접 그를 보아야겠구먼. 가세."

그는 노기등등한 얼굴로 왕성 출입 관리실로 향했다. 그러면서 단단히 다짐했다.

가짜의 본모습을 까발리고 그 목을 베어 위나드 왕실의 위엄과 권위를 단단히 세우겠노라고.

하지만 궁내부장의 굳은 결심은 출입 관리실에 들어서는 순간 산산조각으로 깨어지고 말았다.

"……."

방문객의 주홍빛 눈동자가 궁내부장을 향했다.

그 눈빛과 마주하는 순간, 늙은 궁내부장의 걸음이 멎었다. 숨도 멎었다. 멎을 수밖에 없었다. 흡사 벼락에 맞은 듯한 충격이 전신을 휘감았기에.

수십 년 평생을 왕실에 종사하며 예법과 격식을 호흡하듯 접해 왔던 궁내부장은 눈이 마주치는 순간 본능적으로 알아볼 수 있었다.

'이 사람은…….'

진짜다.

정말로 황태자가 맞는지는 모르겠지만 아무리 낮게 잡아도 최소한 공후의 지위에 버금가는 최상위의 귀족일 것이다.

관리실 소파에 앉은 방문객의 표정과 눈빛, 가지런한 어깨와 손짓, 그 모든 것을 아울러 전신에서 흐르는 분위기까지 어느 것 하나 모자람이 없었다.

아니, 이것이야말로 진정한 귀족의 표본이 아닐까 하는 생각이 절로 들 정도였다. 또한, 궁내부장이 평생 이상적으로 꿈꾸어 왔던 왕족 귀족의 모습과 너무나 일치하는 자태이기도 했다.

그랬기에 궁내부장은 실내에 들어서고도 문가에서 한참 동안 멍하니 서 있었다. 정확히 말하자면 함부로 소리를 내지도, 움직이지도 못했다.

숨 막히는 충격과 묘한 압박감은 방문객의 입이 열리고서야 비로소 씻은 듯 사라졌다.

"앉게."

희미하게 웃으며 내미는 손짓.

그 가지런한 손가락 끝은 맞은편의 소파를 가리키고 있었다. 숫제 자신이 이곳의 주인인 것처럼 너무나 당당한 손짓이었다.

하지만 궁내부장은 그러한 상황적 모순에서 오는 위화감을 전혀 느끼지 못했다. 오히려 극히 조심스러운 태도로 방문객의 맞은편 소파에 슬며시 앉았다.

한동안 침묵이 흘렀다.

무슨 생각을 하는 것일까. 방문객의 주홍빛 눈길은 그저 자연스럽게 테이블 위의 찻잔에 머물러 있었다. 그 앞에서 궁내부장은 마른 입술을 잘근잘근 깨물며 기다렸다.

무엇을?

방문객의 입이 떨어지기만을 기다렸다.

어째서인지는 그 자신도 잘 몰랐다.

다만, 왕궁에서 평생을 보내며 다져진 그의 감각과 본능이 그렇게 명령했을 뿐이었다. 이자를 거슬러서는 안 된다고, 그렇게 외쳤을 뿐이었다.

궁내부장이 긴장감과 한참 씨름을 한 끝에 지칠 무렵이 되어서야 방문객의 입이 다시금 열렸다.

"내 신분을 믿지 못해 그대가 온 것인가?"

"아……."

궁내부장은 떨리는 입술로 간신히 답했다.

"아닙니다."

"다행이군."

방문객의 입가에 흡족한 미소가 어렸다.

다행이다.

궁내부장도 그렇게 생각했다. 그의 미소를 보자 저절로 떠오른 감정이었다.

이미 그의 마음속에 훼손된 왕실의 권위 때문에 일어난 분노라든가 하는 감정은 전혀 남아 있지 않았다. 그는 자신도 모르는 사이에 준비가 되어 있는 상태였다. 방문객이 원하는 바를 충실히 이행할 준비가.

그래서였다.

시슬란의 다음 질문에도 궁내부장이 최대한 솔직히 대답한 것은.

"그럼 하나만 묻지. 그대의 왕은 어디에 있는가?"

"이곳 왕성에 계십니다."

"그를 만나고 싶다."

"아, 아니 되십니다."

"어째서지?"

나직한 되물음.

처음으로 시슬란의 미간에 세로 주름이 잡혔다. 그걸 보는 순간 궁내부장의 심장이 철렁 내려앉았다. 하지만 그는 자신 본연의 임무를 성실히 수행하는 부류의 사람이었다.

궁내부장은 자신을 짓누르는 묘한 압박감을 겨우 떨쳐내며 대답했다.

"그것은…… 말씀드릴 수 없습니다."

"……."

침묵이 흘렀다.

궁내부장의 숨이 끊어질 듯 가늘어졌다. 자리를 지키던 근위병들도 긴장감에 절로 어깨를 떨었다.

그때였다.

시슬란의 입에서 의외의 말이 나온 것은.

"그대는 성실한 사람이로군."

"……예?"

깜짝 놀란 궁내부장이 고개를 들었다. 그리고 그는 볼 수 있었다. 자신을 내려다보는 시슬란의 호의 어린 눈빛을.

시슬란이 말했다.

"그대는 그대의 왕에게 이 말을 전해야 할 것이다."

그는 잠시 말을 멈추었다.

그리고 나직하면서 힘 있는 어조로 말했다.

"마침내 홀의 주인이 왔다."

"예? 무슨……."

하지만 시슬란은 더 이상의 말을 꺼내지 않았다. 그 말만 남기고 일어나 조금도 망설이지 않고 왕궁을 벗어났다.

궁내부장을 짓누르던 묘한 압박감은 그제야 완전히 사라졌다.

"허…… 허어……."

궁내부장은 숫제 꿈이라도 꾼 듯한 기분이었다. 아직도 자신이 마주했던 인물이 현실의 인간인지 확신이 서지 않을 정도였다. 그만큼 시슬란과의 만남은 그의 마음에 크나큰 파문을 일으켰다.

하나, 궁내부장은 고개를 흔들며 자리에서 일어났다.

"내가 이럴 때가 아니지……."

궁내부장은 곧바로 왕성의 상급자를 찾아가 시슬란과의 만남, 그리고 시슬란이 남긴 수수께끼와도 같은 말을 보고했다.

그리고 그날 저녁, 대대적인 수배령이 위나드 왕국의 수도 윈덤 성 전체에 뿌려졌다.

3

"이놈만 잡으면 대박이야. 팔자 고치는 건 순식간일걸? 현상금만 자그마치 일만 페니라고."

"뭐야? 그게 정말인가?"

"이걸 봐."

손때 묻은 종이가 펼쳐졌다. 종이 한가운데 그려진 인물화가 모습을 드러냈다.

검은 머리칼에 선이 갸름하며 새하얀 얼굴, 죽 뻗은 눈썹 아래 주홍빛 눈동자가 인상적인 모습, 시슬란의 얼굴이었다.

"크으흐흐! 곱게도 생겨 먹었네그려. 이거 혹시 계집 아닌가?"

"나도 모르지. 하지만 확실한 건 이놈이 우리에게 복덩이가 될 수도 있다는 거지."

"그건 맞는 말인 것 같군. 그럼 오랜만에 사냥에 나서는 건가?"

"클클……. 가자."

수도 윈덤 성 곳곳에서 그러한 대화가 오갔다. 짙은 담배 연기 속에서, 혹은 비릿한 마약 향내 위로, 그리고 혹은 찌든 술 냄새와 주사위 사이로 오간 대화들이었다.

하지만 그러한 대화를 나눈 이들의 눈빛은 하나같이 형형하게 빛나고 있었다. 욕망에 버무려졌으되 탁하지 않고 오히려 맹수처럼 날카롭게 단련된 눈빛들, 바로 현상금 사냥꾼들이었다.

그들 중 수배된 시슬란의 죄목이 무엇인지, 수배된 이유가 무엇인지에 관심을 두는 이는 아무도 없었다. 그들에게 중요한 것은 오로지 수배자의 목에 걸린 숫자 단위였다. 금액을 표시하는 자리에 '0'이라는 숫자가 몇 개나 걸렸는지가 가장 중요한 관심사였다.

그렇기에 일만 페니라는 거금이 걸린 시슬란의 수배 전단은 순식간에 그들의 눈길을 끌었고, 욕망에 불길을 지폈다.

그 결과는 놀라웠다.

수배령이 내려지고서 불과 한 시간도 되지 않아 윈덤 성의 현상금 사냥꾼들 대부분이 골목으로 나섰다. 그 뒤를 뒤쫓듯 뒷골목의 패거리들도 한몫 잡고자 골목을 들쑤셨다.

때문에 윈덤 성의 밤은 때 아닌 횃불이 사방을 밝혔다. 놀란 도둑고양이가 골목에서 소리를 내질렀고, 배고픔을 못 이겨 벌벌 떨던 한 무리의 거지들이 숨을 죽이며 고개를 누더기에 파묻었다.

그렇게 윈덤 성의 밤이 들썩이기 시작했다.

*　　*　　*

"괜찮을까요?"

궁내부장이 염려스러운 얼굴로 물었다.

그의 시선은 왕성 아래에 펼쳐진 수도의 야경을 향하고 있었다. 골목 사이사이로 줄지어 움직이는 횃불의 무리들이 보였다. 아무리 적게 잡아도 수십 그룹의 무리가 움직이고 있었다.

그걸 보며 궁내부장은 새삼 일만 페니의 힘이 대단함을 실감했다. 동시에 일말의 죄책감 또한 느꼈다.

"그는 죄가 없지 않습니까?"

그의 미약한 항변은 금방 뭉개지고 말았다.

"쯧쯔쯔!"

혀 차는 소리에 궁내부장의 목이 움츠러들었다. 그런 그를 보며 돌아선 이는 놀랍게도 약관을 갓 넘긴 회색 머리칼의 눈이 죽 찢어진 청년이었다.

청년이 말했다.

"감히 내 결정이 잘못되었다고 말하고 싶은 것인가?"

"하오나 왕세자 저하……."

"어허!"

"……."

"어차피 로젠 백작 가문 또한 토르 왕국의 봉신이 아니던가. 그걸 생각하면 놈은 분명 토르 왕국에서 보낸 첩자일 것이다."

왕세자의 말에 궁내부장은 그만 입을 다물고 말았다. 그는 자신이 본 시슬란이라는 인물이 한낱 첩자일 리가 없다고 말하고 싶었다.

하지만 그는 알았다.

함부로 입을 놀렸다간 잔혹한 성품을 지닌 왕세자의 눈밖에 난다는 사실을.

그러한 침묵이 마음에 들었음일까.

왕세자의 입가에 흐뭇한 미소가 떠올랐다. 그는 창가에 서서 수도의 야경을 내려다보았다. 곳곳을 밝히는 횃불의 무리가 그의 마음을 더욱 흡족하게 했다.

"일단 놈을 잡아야 할 것이야. 그래서 토르 왕국이 이쪽에 대해 얼마나 알고 있는지를 밝혀내야 해. 그러지 않는다면……."

꿀꺽.

궁내부장이 저도 모르게 마른침을 삼켰다.

왕세자의 죽 찢어진 가느다란 눈에 섬뜩한 빛이 떠오름을 목격했기 때문이다.

'이곳 지하에 있는 것들이 밝혀진다면…… 본 왕실은 주변 모든 국가로부터 비난의 대상이 되고 말 것이다.'

마음속으로만 중얼거리는 왕세자의 입가에는 이제 더 이상 미소가 걸려 있지 않았다. 그는 굳은 표정으로 수도의 야경을 바라보았다.

왕세자의 시선이 닿은 수도의 밤 풍경.

수많은 건물 중 어느 지붕 위쪽.

그 지붕의 한 면에는 유난히도 밝은 달빛이 내리비치고 있었다. 달의 모양이 하현을 지나 그믐으로 넘어가는 시점임에도 지붕에 내리쬐는 달빛의 밝기는 보름달의 것보다 훨씬 밝았다.

야옹.

칠흑같이 검은 도둑고양이 한 마리가 달빛으로 환한 지붕 위를 뒹굴며 울었다. 무척 편안한지 눈을 감고서 갸르릉거리는 소리를 흘려 냈다.

그런데 그 소리가 지붕 바로 아래쪽을 지나치던 어느 현상금 사냥꾼에게는 무척 거슬리는 소리였던가 보다.

"에잇, 재수 없게!"

현상금 사냥꾼이 욕설과 함께 길가의 깨진 병을 던졌다. 놀란 고양이가 벌떡 일어나 병을 피했다. 특유의 세로로 찢어진 눈동자가 현상금 사냥꾼을 빤히 마주했다.

"뭐, 뭐야."

도망가지도 않고 자신을 바라보는 검은 고양이에 불길함을 느낀 탓일까.

현상금 사냥꾼은 기분 나쁜 표정으로 서둘러 골목을 벗어났다. 그렇기에 그는 자신이 일만 페니의 대박을 그냥 지나쳤음을 깨닫지 못했다.

검은 고양이의 발치 아래, 더욱 검은 그림자에 변화가 시작된 것은 현상금 사냥꾼이 골목을 완전히 빠져나간 직후부터의 일이었다.

샤아아아…….

고양이의 작은 그림자로부터 검은 실루엣이 모습을 드러냈다. 밤바람에 나풀거리는 머리칼, 우아하게 흐르듯 움직이는 손길.

"고맙구나."

고양이를 쓰다듬는 시슬란, 그의 주홍색 눈동자에 부드러운 빛이 어렸다. 고양이가 다시 가르릉거리며 그의 다리에 제 옆구리를 비볐다.

하지만 시슬란의 눈길은 발치의 고양이에 머물고 있지 않았다. 그는 밤하늘 저 멀리에 우뚝 서 있는 윈덤 성을 바라보았다.

달빛에 비친 윈덤 성은 마치 거대한 거인이 고압적인 자세로 수도를 내려다보는 듯한 모습을 하고 있었다. 그 아래 수도의 골목을 누비며 돌아다니는 횃불의 무리는 마치 거인의 발밑에서 기생하는 벌레들처럼 보였다.

문득 시슬란의 눈썹이 미약하게 찌푸려졌다.

"역시……."

그가 자신에게 내려진 수배령을 깨달은 것은 현상금 사냥꾼들이 움직이기 훨씬 전부터였다.

사실 그는 어느 정도 예상하고 있었다. 자신이 왕성에서 남긴 한마디 때문에 위나드 왕실이 무언가 반응을 보일 것임을.

시슬란은 자신을 스쳐 지나는 밤바람을 느끼며 생각했다.

'생각보다 적대적인 반응. 분명 왕성 지하에서 느껴지는 마나홀을 저들도 인지하고 있다는 뜻이겠지. 아니, 어쩌면…….'

저 왕실이 부활의 사도와 깊은 연관을 지니고 있거나, 혹은 마나홀을 독자적으로 이용하고 있는 것일 가능성도 있으리라.

휘이이잉.

재차 밤바람이 불어왔다.

시슬란의 짙은 속눈썹 눈꺼풀이 조용히 감겼다.

다음 순간, 밤하늘로부터 검은 실루엣들이 바람을 타고

날아와 지붕을 스치듯 지나갔다.

그 순간.

푸드득!

야옹?

발치의 고양이가 눈을 동그랗게 떴다.

방금까지 곁에 있던 시슬란이 감쪽같이 사라졌기 때문이다.

고양이가 고개를 들었다.

이내 녀석의 눈동자가 밤하늘을 가로지르는 검은 물체를 따라 움직였다. 가느다란 달을 지나치는 순간 물체의 실루엣이 명확히 드러났다.

까마귀였다.

야아옹.

까마귀, 아니, 정확히는 까마귀의 날개 아래에 드리운 그림자를 바라보는 도둑고양이의 눈빛이 부드럽게 누그러졌다. 잠시 사귀었던 친구와의 이별을 직감한 듯 안타까운 가르릉거림이 녀석의 목구멍을 울렸다.

*　　*　　*

시슬란은 날고 있었다.

아니, 정확히는 까마귀의 날개 아래 그림자에 자연스럽게 스며들어 왕성을 향해 접근하고 있었다.

한편으로 그는 자신의 상태에 대해 약간은 놀라움을 느끼고 있었다.

대체 언제부터였을까. 밤의 생물들이 그를 친근하게 느끼고 스스로 다가오기 시작한 것은. 생각해 보자니 아무래도 마나 크리스털 귀걸이를 베르디스와 한쪽씩 나누어 낀 직후부터였던 것 같다.

그러는 사이 까마귀는 왕성 첨탑 위를 지나쳤다.

그 순간 까마귀의 그림자가 둘로 분리되었다.

샤아아……!

나뉜 그림자 한 조각이 첨탑 곁으로 떨어져 내렸다. 높다란 기둥을 지나치고 달빛의 결을 통과하여 왕실 정원 한가운데에 내려섰다.

이내 몸을 일으킨 것은 정복을 갖춰 입은 시슬란이었다.

"……."

정원에는 아무도 없었다. 그 어떤 이의 기척도 느껴지지 않았다. 하지만 주변에 아무도 없는 것은 아니었다. 생물이 아닌 것도 '누군가' 라는 범주에 포함한다면 분명 그러할 터였다.

쿠구구구…….

낮은 굉음이 울린다 싶은 순간, 시슬란을 중심으로 수십 의 흙더미가 불쑥 일어섰다. 그리고 제각각 일정한 형태를 지녀 가며 시슬란을 포위하기 시작했다.

"……."

시슬란의 눈빛에 이채가 떠올랐다.

왕성 가운데에서 모습을 드러낸, 흙과 바위로 빚은 거인.

놈들의 몸에서는 마나홀 특유의 음습한 기운이 짙게 풍기고 있었다.

4장.

왕세자를 제압하다

1

와드득, 와득!

바위 거인이 한 번 움직일 때마다 돌 긁히는 소리가 요란하게 울렸다. 그 소리에 시슬란의 눈썹이 살짝 찌푸려졌다.

순간 그는 자신 앞에 선 흙더미, 바위 더미 거인들을 지칭하는 단어를 떠올렸다.

'골렘?'

로젠 백작가의 도서관에서 읽고 습득한 이곳 세계의 지식에 따르자면 분명 그랬던 것 같다. 바위, 쇠, 나무 등의 무기질 형상에 마법적 생명을 넣고 명령을 부여하여 움직이도록 만든 마나의 거인.

그러한 존재인 골렘이 이곳에서 모습을 드러낸 것이 그리 놀라운 일은 아니었다. 이곳 왕성의 지하에는 마나홀이 있고, 이미 이 정원에는 마나홀로 인해 일어난 기운의 흐름이 가득한 상태였으니까.

문제는 시슬란을 둘러싼 골렘의 숫자가 생각보다 훨씬 많다는 것이었다.

부우웅—!

시슬란의 허리보다도 더 두꺼운 팔뚝이 날아왔다. 그 끝에 달린 공성추와도 같은 주먹이 상대방을 짓이길 듯한 기세로 쇄도했다. 가장 가까이에서 모습을 드러낸 골렘의 첫 공격이었다.

하지만 시슬란은 이미 그 자리에 없었다.

그의 모습이 달빛과 달빛의 경계 사이로 스며든 직후 골렘의 주먹은 밤바람만을 헛되이 갈랐다.

그 순간이었다.

숫제 벼락이라도 맞은 것일까.

쩌저저적……!

골렘의 동작이 멎었다.

주먹을 날렸던 골렘의 상체에서 불길한 소리가 울렸다.

놈의 정수리를 중심으로 눈에 보이지 않는 자잘한 균열이 퍼져 나갔다. 이내 균열은 상반신 전체를 집어삼켰다.

그리고…….

와르르!

골렘의 상반신이 우수수 무너져 내렸다. 이어서 허리 아래로 남은 하반신이 묵직한 굉음과 함께 넘어졌다.

약간의 먼지가 달빛을 희롱하듯 허공으로 피어났다.

이어서 새하얀 손가락이 움직여 쥐스토코르 코트에 내려앉은 먼지를 흩어 냈다.

시슬란이었다.

그의 냉랭한 눈길이 사방을 훑었다. 정원에 모습을 나타낸 오십여 덩이의 골렘들을 담담하게 마주했다.

그 순간 시슬란은 판단을 내렸다.

피식.

입가가 희미한 미소를 그린다.

그믐을 향해 이지러지던 달빛이 흔들린다.

그 순간 시슬란이 골렘들을 향해 정면으로 뛰어들었다.

골렘들에게서 소리 없는 포효가 터져 나왔다. 막대한 힘을 실은 폭력이 시슬란을 향해 쏟아져 내렸다.

하지만 그때, 극적인 변화가 일어났다.

쉬익!

시슬란의 한 발이 지면을 강하게 밟았다. 그런데 그 지점에는 그림자가 드리워져 있었다. 골렘의 그림자였다. 변화는 골렘의 그림자로부터 시작되었다.

쩌저적……!

시슬란이 밟은 지점을 중심으로 하여 그림자에 새하얀 균열이 깃들었다. 이내 균열이 그림자 전체를 집어삼켰다. 그림자가 깨어지니 본체인 골렘의 몸에도 균열이 일어났다.

붕괴가 시작되었다.

가속화되었다.

마침내 골렘이 와르르 무너져 버렸다.

그때부터였다.

시슬란은 밤바람과 달빛 사이를 거닐듯 차분하게 움직이며 골렘의 그림자들을 밟아 나갔다.

그의 발길이 닿는 곳마다 골렘이 무력하게 무너졌다.

정원이 순식간에 쑥대밭이 되었다.

시슬란이 움직이는 경로를 따라 골렘들이 무너졌고, 그러면서 생긴 돌무더기와 흙더미의 봉분이 곳곳에 쌓였기 때문이다.

그렇기에 시슬란이 마침내 마지막 골렘을 흙더미로 만들었을 때, 달빛 아래의 정원은 마치 새로 생겨난 공동묘지 같은 모습으로 변모해 있었다.

하지만 시슬란은 골렘들의 잔해에 눈길을 주지 않았다.

그저 담담히 고개를 들어 밤하늘을 올려다보았을 뿐이었다.

그의 시선이 밤하늘을 수놓고 있는 마나의 흐름을 따라갔다. 그 모든 흐름은 이곳 왕성의 지하를 향하고 있었다. 시슬란은 그곳에 마나홀이 있음을 확신했다.

'그런데…….'

문득 그의 시선이 왕성의 웅장한 건축물로 향했다.

이상한 일이었다.

왜 건물 전체에서 음습한 기운이 느껴지는 것일까.

시슬란은 왕성을 향해 걸음을 옮겼다.

그때였다.

철컹! 철그렁!

정원을 향해 달려오는 요란한 발소리가 들렸다. 곧이어 모습을 드러낸 것은 위나드 왕실의 근위 기사 수십 명이었다. 그들은 앞서 시슬란과 골렘들이 충돌하며 일으킨 소란을 듣고 급히 달려오는 중이었다.

하지만 시슬란은 그들의 접근을 걱정하지 않았다.

몸을 숨기지도 않았다.

저벅저벅.

시슬란은 달빛 아래를 걸었다.

하현에서 그믐으로 기울어 가는 달빛의 틈새.

밤바람과 달빛 사이의 그 묘한 간격, 시슬란의 걸음과 걸음이 그 미묘한 틈새를 파고들었다.

소리도 없이, 그리고 형체조차 없이.

또한, 너무나 당연한 듯 당당하게.

도도하게 세운 콧날이 부서지는 달무리를 반사했다.

목은 자연스럽게 이완되어 턱을 굳건히 받쳤고, 입술은 가지런하였다. 어깨와 가슴은 여유롭게 밤하늘을 짊어졌고, 등은 모든 동작의 중심을 이루며 절묘하게 펼쳐졌다.

걸음은 거침없이, 하지만 팔은 유려하게.

그 와중에도 손끝은 정갈히 하여 전체의 품위를 유지하였다.

그 모습은 마치 루나티카의 황태자였던 시절 비슈누 궁의 후원을 산책하던 때와도 같았다. 그만큼 당당했으며 힘이 넘쳤고, 감히 범접할 수 없는 품격이 있었다.

그렇듯 그는 수십 명의 적대자가 모인 곳을 너무나 태연하게 걸었다. 그럼에도 마주 달려오던 근위 기사 중에서 누구 하나 그를 발견하지 못하였다.

그렇게 시슬란은 근위 기사들의 곁을 당당하게 걸어 지나쳤다. 그가 곁을 스친 뒤 근위 기사들은 한 줄기 밤바람이 자신을 지나친 듯한 느낌만을 받았을 뿐이었다.

"으음?"

"왜 그러나?"

"아? 방금…… 뭔가가……."

기사 하나가 말을 더듬었다.

뭔가 이상한 기분이 들기는 했는데 그게 무엇이었는지 딱 잘라 말하기가 모호한 탓이었다.

결국 그는 말끝을 얼버무렸고, 곧 그 일을 잊었다. 기사들은 여전히 눈을 부라리며 정원을 향해 달려갔다. 개중에 감이 좋은 몇몇 기사들도 비슷한 느낌을 받았지만 반응은 똑같았다.

그렇기에 그들은 꿈에도 짐작지 못하였다.

방금 자신들의 곁을 스쳐 지나간 밤바람의 정체가 무엇이었는지를…….

저벅저벅.

시슬란은 여전히 여유 있게 걸었다.

만일 오늘이 그믐에 가까운 밤이 아니라 보름달이 뜬 밤이었다면 이야기는 달랐으리라.

그는 자신의 몸을 은밀하게 만드는 대신 충만한 달빛을 바탕으로 압도적인 신위를 내뿜으며 적대자를 대했을 것이다. 그런 면에서 보자면 정원으로 달려간 근위 기사들은 운이 좋다고 할 수 있었다.

어쨌건 시슬란은 성 문지기의 곁을 지나쳐 왕성 내부의 복도로 들어섰다. 음습한 밤의 어둠이 복도 안쪽에 서려 있었다. 하지만 어둠은 그에게 장애가 되지 못했다.

그에게 방해되는 요소는 따로 있었다.

바로 자신이 찾고자 하는 이가 어디에 있는지 정확히 알지 못한다는 것이었다.

그렇기에 복도 모퉁이에서 우연히 왕성의 시녀와 마주쳤을 때, 시슬란은 지극히 마음에서 우러나오는 화사한 미소를 입가에 머금었다.

"아……."

챙강!

시녀가 떨어뜨린 접시가 복도 바닥에 날카로운 흉터를 새겼다. 하지만 시녀는 깨진 접시를 걱정하지 못했다. 정확히는 그럴 만한 정신이 없었다. 난데없이 앞에 나타난 사내의 미소가 너무나 화사한 까닭이었다.

저도 모르게 시녀의 얼굴이 붉어졌다.

그녀가 뒤로 한 걸음 물러나며 물었다.

"누, 누구시죠?"

작게 떨리는 목소리.

그 모습에 시슬란이 다시금 희미하게 웃었다.

"그대가 날 좀 도왔으면 하는데."

"무, 무슨…… 일인가요?"

"이 왕성의 주인을 만나고 싶군."

"……."

시녀는 그만 입을 다물어 버렸다. 나름 혼란스러움을 느끼고 있는 것 같았다.

시녀가 되물었다.

"혹시 나쁜 뜻으로 이곳을 찾으신 건가요? 만일 그렇다면 저는 그쪽을 결코 안내할 수……."

"약속하지."

순간 시녀는 자신을 마주하고 있는 시슬란의 주홍빛 눈동자를 보았다. 시녀의 눈빛이 흔들렸다.

어떤 이유에서였을까.

결국 시녀는 고개를 끄덕이고 말았다.

"그럼…… 절 따라오세요."

시슬란은 그녀를 따라 어두운 복도를 걸었다. 몇 개의 모퉁이를 돌고 계단을 올랐으며, 크고 작은 홀을 가로질렀다. 다행히 그동안 시녀와 시슬란을 막아선 이는 아무도 없었다. 오히려 몇몇 근위병들은 앞장선 시녀의 얼굴을 확인하고는 말없이 통로를 열어 주었다.

결국, 두 사람은 목적지에 당도했다.

"이 안쪽에 계실 거예요."

"고맙군."

시슬란은 시녀를 지나쳐 문을 밀었다. 정교하게 제작된 문은 소음 한 줄기 없이 부드럽게 열렸다.

그래서였을 것이다.

전용 서재 창가에 기대어 와인 잔을 기울이며 수도의 밤 풍경을 바라보던 왕세자 마르두크가 깜짝 놀란 것은.

"네놈은 누, 누구냐?"

마르두크의 다급한 물음은 스르륵 닫힌 서재 문 너머로 잠겨 들었다. 이내 서재 앞 복도에는 어둠만이 남았다. 아니, 어둠 속에 시녀도 남았다.

문득 시녀가 어둠을 향해 속삭였다.

"내 도움에…… 감사해야 할 거야."

싱긋.

시녀의 입가에 미소가 어렸다.

고운 손길이 머릿결을 쓸어 넘겼다. 새하얀 목덜미에 찍힌 머리 셋 달린 뱀의 낙인이 언뜻 모습을 보였다가 사라졌다.

2

한편, 서재 안으로 들어선 시슬란은 약관을 겨우 넘긴 청년을 마주하게 되었다.

회색 머리칼에 죽 찢어진 가느다란 눈매.

바로 위나드 왕국의 왕세자, 마르두크 엔셀로우 위나드케로였다.

"네놈은 누, 누구냐?"

홀로 도시의 야경을 감상하고 있던 마르두크가 깜짝 놀라 와인 잔을 떨어뜨렸다.

이 서재는 왕성에서도 가장 높은 곳에 있는 방 중의 하나이며, 그만큼 보안과 안전이 철저하게 지켜지는 장소였다. 그래서 그가 침실보다도 더욱 편하게 여기는 장소이기도 했다.

그런데 한밤중에 난데없이 이곳 서재에 불쑥 침입한 사람이라니. 편안한 장소에서 마음을 놓고 있던 마르두크가 혼비백산한 것도 무리는 아니었다.

하지만 마르두크 왕세자는 놀란 와중에도 시슬란의 얼굴을 곧바로 알아보았다.

왜 아니겠는가.

그가 바로 시슬란에 대한 수배령을 지시한 장본인인데.

"네, 네놈은……!"

하지만 놀란 마르두크와 달리 시슬란은 너무나 태연자약

했다.

아니, 시슬란의 태도는 태연자약 정도로 그치지 않았다. 매우 당연한 듯이 서재 중앙의 소파에 깊숙이 몸을 묻어 편안히 앉아 버렸으니까. 여유롭게 다리를 꼬고서 마르두크를 올려다보았으니까.

싱긋.

시슬란의 입술에 우아한 미소가 맺혔다.

그의 첫마디는 마르두크의 입장에서는 더욱 기가 막히는 것이었다.

"정원에서 골렘을 보았지. 이곳의 손님을 맞는 법도가 제법 신선하더군."

"하!"

기어코 마르두크의 입에서 실소가 터져 나오고 말았다.

하지만 그는 내심 재빨리 혼란과 당황을 수습했다. 흐트러졌던 표정도 황급히 수습했다. 과연 일국의 왕세자다운 처신이었다.

시슬란의 손이 자신의 맞은편을 가리켰다.

"앉게."

"……."

하지만 마르두크 왕세자는 자리에 앉지 않았다. 반대로 시슬란과 일정한 거리를 유지했다.

대신 그는 형형한 눈빛으로 시슬란을 노려보았다.

"네놈은 누구냐? 감히 뭐하는 놈이기에 이 시간, 이 장소에 함부로 자리하는 것이냐?"

"나 말인가?"

시슬란의 입가에 피어난 희미한 웃음.

그것은 차라리 조소에 가까웠다.

"기억력이 나쁘군. 낮에 전했었지 않은가."

"……."

마르두크는 어이가 없어 그만 입을 다물어 버렸다.

그도 기억이 났다.

그 보고를 듣고서 코웃음을 쳤던 것까지도 기억났다.

그래, 스스로를 황태자라고 밝혔다던가.

"이런 미친……."

"내가 묻지. 그대는 누구인가?"

"뭐?"

"그대가 이 나라의 왕인가?"

물음의 내용과 달리 시슬란의 태도는 일국의 왕을 대하는 것과 엄청난 거리가 있었다. 아니, 숫제 자신의 하인을 대하는 태도와도 같았다. 그럼에도 그러한 시슬란의 태도는 지극히 자연스러웠다.

그래서였다.

마르두크가 얼굴을 찌푸리면서도 자신도 모르게 대답한 것은.

"아니, 나는 왕세자다."

"왕은 어디에 있지?"

"아바마마께서는 병환 중이시다."

"그럼 어쩔 수 없이 그대와 이야기를 해야겠군. 하나만 묻지. 이곳 왕성 지하에 마나홀이 있음을 잘 알고 있다. 인정하는가?"

"그건……."

멈칫.

마르두크의 입이 닫혔다. 눈썹이 일그러졌다. 그의 눈동자가 노기로 물들었다. 뒤늦게야 자신이 방금까지 상대의 물음에 순순히 대답하고 있었음을 깨달은 탓이었다.

왕세자의 손이 허리춤으로 향했다.

"감히!"

스르릉.

어느새 마르두크 왕세자의 손에는 롱 소드 한 자루가 들려 있었다. 날카로운 검 끝이 시슬란의 심장을 겨누었다.

"네놈이 감히 왕족인 나를 능멸하려느냐?"

"능멸?"

시슬란의 눈썹이 우아하게 치켜 들렸다.

"지금 그대는 착각하고 있는 것 같군."

"……뭐?"

"지금 나는 그대에게 충고나 권고가 아닌 명령을 내리고 있는 것이다. 더는 숨기지 마라. 나를 마나홀로 안내하라. 그리고 수도의 모든 사람을 대피시켜라. 대규모의 피난에 따른 행정적이며 금전적인 손실에 대한 보상은 충분히 지급하겠다."

이곳은 망각의 섬과 달리 수만 명의 인구가 밀집된 대도시의 중심이었다. 만일 봉인을 깨뜨리는 과정에서 마나홀이 폭주하고 과거 망각의 섬 전체를 집어삼킨 것과 같은 일이 벌어진다면 그 피해는 상상을 초월하게 되리라.

시슬란은 결코 그런 사태를 원하지 않았다.

그것이 바로 그가 번거로움에도 처음부터 이곳의 왕을 찾았던 이유였다.

"……."

끔찍한 침묵이 흘렀다.

무거운 공기가 서재에 내리깔렸다.

마르두크 왕세자의 얼굴이 일그러졌다.

"하! 첩자 주제에 완전히 미쳤군. 죽여 달라고 애원이라도 하는 것이냐?"

그의 죽 찢어진 눈매가 더욱 가늘어졌다. 그의 시선이 문득 시슬란의 등 뒤쪽을 향하였다.

그 순간이었다.

쒸아악!

시슬란의 등 뒤쪽으로부터 날카로운 기세가 날아들었다.

"……!"

반사적으로 상체를 틀었다. 시퍼런 빛무리가 시슬란의 목덜미 바로 곁을 스쳤다.

"쯧쯧!"

뒤쪽에서부터 아쉬움이 깃든 혀 차는 소리가 울렸다.

뒤돌아선 시슬란이 발견한 이는 준수한 외모의 중년 검사였다.

저 검사는 대체 언제 나타난 것일까.

그때 마르두크가 재빨리 검사의 등 뒤쪽으로 몸을 숨겼다. 그리고 검사의 등 뒤에서 의기양양한 목소리로 떠들었다.

"고귀한 이 몸께서 너 따위와 검을 섞을 줄 알았었느냐? 착각이 심하군. 그럼 소개할까? 우리 위나드 왕국의 자랑이자 최강의 근위 기사인 소드마스터 슈피겔 경이니라. 네놈은 이제 죽은 목숨이야. 흐핫하!"

"……."

시슬란의 눈동자에 서린 빛이 평소보다도 더욱 담담하게

가라앉았다. 모르는 사람이 본다면 지극히 평온하게 느껴질 정도로 평화로운 눈빛이었다.

하지만 그 내면은 달랐다.

시슬란은 자신의 방식으로 마르두크를 최대한 배려했다. 상대가 이곳의 통치자임을 배려하여 두 번이나 직접 방문하는 수고를 마다치 않았으며, 적대적인 반응에도 친절하게 말로 협상을 시도하기까지 하였다.

하지만 돌아온 것은 고작 등 뒤에서의 비겁한 기습이었다.

샤아아아…….

시슬란의 눈빛이 더욱 담담하게 가라앉았다. 혹은 더욱 스산하게 물들었다. 동시에 그의 전신으로부터 형체 없는 그림자가 스멀스멀 피어났다.

하지만 마르두크는 그런 사실을 전혀 깨닫지 못하였다. 그는 더욱 의기양양한 몸짓으로 목청을 높였다.

"왜, 겁이 나느냐? 그래도 이곳까지 혼자서 겁 없이 들어온 것을 보면 분명 실력은 있겠지? 그럼 그 실력이라는 것을 보여 봐라. 우리의 위대한 소드마스터 슈피겔 앞에서! 여기에 있는 슈피겔 경으로 말하자면, 앞을 가로막는 어떠한 적이라 할지라도 용맹하게……."

쉬칵!

순간 검은 벼락이 떨어졌다.

적어도 마르두크에게는 그렇게 보였다.

"……!"

신나게 떠들던 그가 입을 다물었다. 끔찍할 정도로 무거운 정적이 내리깔렸다.

이내 그 정적을 깨뜨린 것은 슈피겔이었다.

"……끄르르극."

가래 끓는 소음.

억눌린 듯한 소리.

혹은 필사적으로 신음하는 듯한 음성.

그 짧은 소리가 바로 슈피겔이 이승에서 마지막으로 남긴 음성이었고, 유언이 되었다.

말 그대로 목이 날아가 버렸으니까.

푸확!

선혈이 낭자하게 튀었다. 슈피겔의 머리통이 허공으로 솟구쳐 올랐다. 그러면서 일순간 슈피겔과 마르두크의 눈이 마주쳤다. 허공에서 벙긋거리는 슈피겔의 입, 그리고 간절한 눈빛이 말하고 있는 듯했다. 살려 달라고.

투툭! 데구루루.

슈피겔의 머리통이 마르두크의 발치를 굴렀다. 머리 잃은 몸체가 마르두크 왕세자의 상반신에 피를 뿌리며 고목처럼 쓰러졌다.

너무나 놀란 마르두크는 움직이지도, 입을 열지도 못했다. 일순간 숨 쉬는 것마저 잊었을 정도였다.

그런 마르두크의 귓가에 들려온 시슬란의 음성은 차갑기만 했다.

“협상은, 결렬인가?”

“……아?”

고개를 들었다. 그런데 어느새 시슬란이 바로 앞까지 다가와 있었다.

“아아…….”

뒤로 물러나려 했다. 하지만 발이 움직이지 않았다. 그러는 사이에도 시슬란은 더욱 거침없이 다가왔다. 그와의 거리가 좁아졌다. 심장이 타는 듯 빨리 뛰었다. 식은땀이 목덜미를 축축하게 적셨다. 아랫도리에서도 뜨겁고 축축한 느낌이 올라왔다.

마르두크는 그제야 깨달았다.

자신이 어떠한 인물을 앞에 두고 있는지를.

뒤늦은 공포가 등골을 훑었다.

“자, 잠시만…….”

하지만 왕세자가 황급히 뱉은 말은 제대로 끝맺어지지도 못하였다. 마무리가 비명으로 변질되어 버렸으니까.

"잠깐…… 아아악!"

3

"아아악!"

비명은 어두운 밤바람을 타고 생각보다 멀리까지 퍼졌다. 왕실 곳곳에 배치되어 있던 근위병들이, 그리고 정원으로 급히 달려갔던 근위 기사들이 그 음성을 귀에 담았다.

"방금…… 들었나?"

"음, 자네는?"

"나도 들었네."

근위 기사들이 서로의 얼굴을 마주 보았다. 일순간 시선을 교환했다. 그러면서 그들은 동시에 깨달았다. 방금 비명이 들려온 근원지가 그들 자신이 아주 잘 아는 장소였다는 것을.

"설마, 왕세자 저하의 서재?"

"맞는 것…… 같습니다만."

"……."

모두가 침묵에 휩싸였다.

이어진 그들의 반응은 즉각적이었다.

"뛰어! 어서!"

이날 왕세자의 서재로 향한 근위 기사들은 평생을 통틀어 가장 빠른 속도로 달렸으리라. 그만큼 다급한 마음이었으리라.

그들은 얼마 지나지 않아 목적지에 다다를 수 있었고, 그곳에서 최악의 상황과 맞닥뜨리고 말았다.

"저, 저하!"

근위 기사단장이 피를 토하는 심정으로 외쳤다.

하지만 애석하게도 왕세자 마르두크는 그의 충성심 어린 외침에 응답할 입장이 되지 못했다. 한밤의 침입자에게 완전히 제압되어 허공에 대롱대롱 들려 있는 상태였기 때문이다.

"으! 으읍!"

마르두크가 발버둥을 쳤다.

하지만 그를 허공에 들어 올린 그림자는 전혀 흔들리지 않았다. 게다가 강력한 집게처럼 그를 붙들고 놓아주지도 않았다. 바로 시슬란이 일으킨 마르두크 본인의 그림자였다.

분노한 근위 기사단장의 뜨거운 시선이 시슬란을 향했다. 그의 검이 시슬란을 정면으로 겨누었다.

"네 이놈! 이게 무슨 짓인가! 당장 왕세자 저하를 풀어

드리지 못할까!"

하지만 시슬란은 평온한 얼굴로 소파에 앉아 찻잔을 기울일 뿐이었다.

근위 기사단장은 재빨리 상황을 파악하기 위해 노력했다. 그의 시선이 사방을 훑었다.

'왕세자 저하를 붙들고 있는 저 검은 형체는 무엇이지? 그림자? 하지만 그림자가 어떻게……. 저 사내는 마법사인가? 그렇지만 저런 마법이 있다는 말은 들어 본 적이 없다. 어쩌면 흑마법사일지도 몰라.'

이내 단장의 눈길은 바닥에 쓰러진 슈피겔의 시신에 가 멎었다.

'슈피겔 경이 당하다니…….'

그가 아는 슈피겔 경은 강했다. 비록 겨우 최저 수준의 소드마스터에 지나지 않았지만, 엄연히 검의 왕국 오르도스로부터 공인받은 마스터 등급의 검사였다. 또한, 위나드 왕국 최강의 전사이기도 하였다.

그런 만큼 슈피겔이 저런 처참한 모습으로 나뒹구는 모습은 단장에게 충격일 수밖에 없었다.

게다가 슈피겔의 시신을 보니 목이 잘린 단면이 극도로 깔끔했다.

단장은 보는 순간 알 수 있었다.

저 상처가 검에 의한, 그것도 최고 수준의 베기로 만들어진 치명적인 상흔이라는 것을. 똑같이 목이 잘렸다 해도 마법으로는 저런 모양이 절대 나오지 않는다는 것을.

꿀꺽.

단장의 목울대가 상하로 출렁였다. 불길하고도 믿기 어려운 추측이 나왔기 때문이다.

'설마…… 흑마법사이면서도 검을 능숙하게 다루는 건가? 그게 가능한 걸까?'

곁눈질로 시슬란을 살폈다.

시슬란은 여전히 소파에 앉아 찻잔만 홀짝일 뿐이었다. 바로 곁에 붙잡혀 있는 왕세자나 슈피겔의 시신이 아니었다면 어느 귀족이 고와한 취향을 즐기는 한 폭의 그림이라 해도 믿을 정도로 우아한 모습이었다.

때문에 근위 기사단장은 더욱 큰 혼란에 빠져들었다. 적의 정체나 실력을 도저히 가늠할 수 없었기 때문이다.

시슬란의 음성은 그때에야 비로소 단장의 고막을 파고들었다.

"그대들은 이자에게 충성을 바치는 사람들인가?"

"아……."

어느새 시슬란의 주홍빛 눈동자가 근위 기사단장을 똑바로 직시하고 있었다.

단장은 저도 모르게 몸을 경직시켰다.

“그, 그렇다.”

“좋군.”

싱긋.

처음으로 시슬란의 입가에 희미한 표정이 맺혔다.

대체 무엇이 좋다는 걸까.

스륵.

시슬란의 찻잔을 들지 않은 쪽 손이 움직였다. 보이지 않는 가상의 하프를 연주하듯 가느다란 손가락이 허공을 유려하게 쓰다듬었다.

그러자 놀라운 일이 벌어졌다.

꽈드드득!

“끄흐아악……!”

왕세자의 입에서 억눌린 소리가 새어 나왔다. 얼굴이 삽시간에 벌겋게 물들었다. 숨을 쉴 수 없는지 고통스러운 표정을 지었다.

하지만 그는 더 이상 발버둥을 칠 수조차 없었다. 그림자가 시시각각 전신을 죄어 오고 있었기 때문이다.

“저, 저하!”

“이 빌어먹을 놈!”

“그만두지 못할까!”

근위대 기사들이 울부짖듯 외쳤다. 개중에는 검을 뽑은 이도 있었다. 시슬란을 향해 수십 줄기의 살기 어린 시선이 쏟아졌다.

하지만 그걸 정면으로 받아 내는 시슬란은 한 치도 흔들리지 않았다. 아니, 오히려 더욱 도도하고 오만한 몸짓과 표정으로 마르두크 왕세자를 마주했다.

"선택은 그대에게 맡기겠다."

시슬란의 손가락이 재차 허공을 움켜쥐었다.

꽈드득!

"으아악……!"

왕세자가 고통에 온몸을 비트는 것과 때를 같이하여 시슬란의 말이 이어졌다.

"이대로 죽음을 택할 것인가."

스르륵.

"크흐윽……."

압력이 풀리자 마르두크 왕세자의 몸이 축 늘어졌다.

"아니면 내 명령을 들을 것인가."

"……."

모두가 침묵에 휩싸였다.

동시에 근위 기사들의 시선이 왕세자에게로 집중되었다.

"끄…… 끄으윽……. 난……."

왕세자의 창백한 얼굴이 일그러졌다.

원래 왕족이란 어떠한 부당한 위협에도 굴하지 않아야 하는 존재였다. 아니, 부당한 모든 행위와 타협이란 것 자체를 할 수 없는, 해선 아니 되는 존재였다. 그것이 바로 왕족이라는 존재가 지닌 최후의 자존심이었고 성역이었다.

그런데 지금 시슬란은 마르두크에게서 그 성역을 앗아가려 하고 있었다.

"난……."

마르두크 왕세자가 숨을 몰아쉬었다. 그의 눈길이 잠시 근위 기사들을 향하였다. 그리고 기사들을 향해 단번에 내뱉듯 외쳤다.

"이, 이자를 지하로 안내해, 어서!"

그것은 왕족으로서의 명예와 자존심에 앞서 자신의 목숨을 먼저 챙기는 결정이었다.

하나, 이 자리의 어떤 이도 그 점을 지적하지 않았다. 오히려 기사들은 시슬란과의 타협을 선택한 왕세자의 결정에 안도의 표정을 지었다.

근위 기사단장 또한 그러한 자들 중의 한 명이었다. 오히려 그는 행여나 시슬란의 심기를 거스를까 극히 조심하며 서재 밖으로 통하는 길을 열어 주었다.

"……."

시슬란은 자신 앞에 열린 길을 무심히 쳐다보았다.
문득 그의 입술 사이로 나직한 한숨이 흘러나왔다. 어쩐지 모를 실망감이 진하게 어린 한숨이었다.
'의외로군.'
사실 조금은 더 버틸 줄 알았다.
아니, 최소한 스스로의 자존심을 지키기 위해 애는 쓸 줄 알았다.
하물며 이러한 모습이라니.
고귀한 핏줄로서 지녔을 최소한의 자존심마저도 보이지 못하다니.
시슬란은 그러한 추태를 보인 마르두크 왕세자에게 경멸의 감정이 피어오름을 느꼈다.
그래서였을 것이다.
마르두크 왕세자를 다루는 시슬란의 동작이 아주 조금 더 거칠어진 것은.
"안내하도록."
"커윽!"
마르두크가 고통에 몸을 떨며 앞장섰다.
한없는 고통에 정신이 아득해졌지만 그는 마음대로 쓰러질 수도 없었다.
자존심 때문은 아니었다. 그가 쓰러지지 못하도록 밑을

단단히 떠받치고 있는 그림자 때문이었다.

그렇게 마르두크의 안내를 따라 시슬란이 걸음을 옮겼다.

근위 기사들도 걱정스러운 얼굴로, 혹은 분노에 찬 표정으로 시슬란을 노려보며 뒤를 따랐다. 그러면서도 시슬란에 대한 포위망을 유지했다.

그 행렬은 지하를 향하고 있었다.

5장.

지하 실험실

1

위나드 왕국의 수도 치안장관 타이드 백작은 한밤에 긴급 호출을 받았다. 그는 정복을 입을 틈도 없이 마차를 타고 황급히 왕성으로 입궁하였다.

하지만 대회의실에서 그를 반긴 것은 질책성 가득한 싸늘한 물음이었다.

"이게 대체 어찌 된 일인가?"

회의실에 들어서는 백작에게 다짜고짜 질문을 던진 이는 왕실 정보부장, 위네 후작이었다.

그런데 후작의 카랑카랑한 목소리에는 가시가 잔뜩 돋쳐 있었다. 표정과 눈빛 또한 싸늘하기만 했다.

타이드 백작은 난데없는 날카로운 질책성 어조에 반사적으로 목부터 움츠려야 했다.

"무슨 질문이신지……."

"이것부터 보게나."

벙어리 시녀가 위네 후작에게서 서류 한 장을 받아 들었다. 그리고 타이드 백작에게 전달했다.

백작의 눈길이 서류를 훑었다.

'긴급…… 사태 보고서?'

제목부터 심상치 않았다.

타이드 백작의 눈동자가 좌우로 움직이며 활자를 읽어 내려갔다. 동시에 그의 얼굴이 점점 창백해졌다. 숨소리도 흐트러졌다.

마침내 보고서를 모두 읽었을 무렵, 그의 관자놀이에는 한 줄기 식은땀이 흐르고 있었다.

그가 보고서를 통해 이해한 내용을 한 줄로 요약하자면 이러했다.

사상 초유의, 왕실 내 왕세자 피랍 사태.

덜덜덜.

보고서를 들고 있던 손이 저절로 떨렸다. 침도 삼킬 수 없을 듯한 오한이 일었다.

그때껏 차가운 눈길로 백작을 바라보던 위네 후작이 말했다.

“이제 사태 파악이 되었나? 그럼 말해 보게. 대체 왕실 경비를 어떻게 세워 놓았기에 이런 말도 안 되는 사태가 벌어진 것인가?”

“저, 그건…… 근위대는 평상시 그대로의 임무를 수행했을 뿐입니다.”

“지금 듣고자 하는 말이 그게 아님을 알고 있지 않나!”

타앙!

워네 후작의 손바닥이 테이블을 내리쳤다.

타이드의 목이 다시 한 번 움츠러들었다.

그때였다.

원탁을 가운데 두고 앉아 있던 대신들 중 백발이 성성한 노인, 왕국 내무대신 노먼턴 공작이 입을 열었다.

“이보게, 너무 몰아세우지 말게나. 지금 사태가 몰아세우고 문책만 한다고 해서 해결될 사안인가? 일단 머리를 맞대어 보세.”

날카롭게 추궁을 이어 가던 워네 후작이 공작의 한마디에 입을 우물거렸다.

하지만 그 표정에는 불만이 역력했다.

“하오나…….”

“어허, 지금이 이렇게 시간을 낭비할 때인가? 왕세자 저하를 잔악한 자의 마수에서 구출하는 데 모든 노력을 기울여도 모자랄 판일세. 다들 집중하게. 그리고 지금 상황을 바탕으로 지혜를 모아 보세나."

노먼턴 공작의 말은 나직하지만 힘이 있었고, 사리에도 합당했다. 자리에 모여 있던 왕국의 최고 대신들도 모두 고개를 주억거렸다.

그때였다.

똑똑똑.

"3차 보고서가 올라왔습니다."

근위 기사 한 명이 보고서를 가지고 들어왔다.

노먼턴 공작과 대신들은 황급히 보고서를 돌려 보았다. 그들의 이마에 한결같은 주름이 깊게 패었다.

"크흠……. 벌써 지하로 내려갔다는 말인가? 이대로는 틀렸어. 지하의 존재가 드러나는 건 시간문제가 될 게야. 정말로 큰일이로군."

그렇다고 대대적으로 대응할 수도 없는 노릇이었다.

일국의 왕성에서 왕족이 피랍된 것이 외부에 알려지면 국가의 위신이 어찌 되겠는가. 게다가 그들이 지금껏 지하에 감추어 두었던 비밀이 세상에 드러나면 어찌 되겠는가.

때문에 이번 사안은 극히 은밀하게 처리해야만 하였다.

노먼턴 공작과 대신들은 순식간에 십 년은 늙은 듯한 얼굴로 머리를 맞대고 대책을 논의하기 시작했다. 그러면서도 수시로 자신들의 발밑을 향해 시선을 주는 것을 잊지 않았다.

아무래도 그쪽이 불안한 탓이리라.

2

대신들이 바라보는 방향의 지하, 그곳의 왕성 아래 어두운 지하 통로를 일단의 사람들이 걷고 있었다. 왕세자를 볼모로 삼은 시슬란과 그를 포위한 근위 기사들이었다.

저벅저벅…….

애초부터 이 통로에 입구와 반대되는 출구란 없었다. 여느 다른 왕성의 것들과 달리 탈출을 위한 용도로 만들어진 길이 아니었기 때문이다.

나선으로 끝없이 이어지는 내리막길.

나락으로의 추락.

"크으윽……!"

가장 앞서서 걷는 이의 걸음은 불안정했다. 지속적인 고통으로 인해 연신 식은땀을 흘리는 겁먹은 얼굴, 마르두크 왕세자였다.

그런 왕세자의 뒤로 걷는 이는 시슬란이었으며, 그보다 뒤편에는 수십 명의 근위 기사단이 걸음을 함께하고 있었다.

그럼에도 이곳 지하는 여전히 조용했다. 수십 명의 사람들이 한꺼번에 들이닥쳤음에도 한마디 말을 꺼내는 사람조차 없었다.

시슬란은 그러한 이들의 선두에서 걷고 있었다. 그러면서 통로를 따라 펼쳐진 마나의 흐름을 면밀히 관찰했다.

역시 지상에서 모여든 마나의 흐름이 이곳 지저로 이어지고 있었다. 망각의 섬에 있던 마나홀이 주변 해역의 모든 마나를 끌어 모으던 것과 똑같은 현상이었다.

덕분에 주변 마나의 농도는 일행이 지하로 내려갈수록 점점 더 진해졌다.

그 첫 증거는 주변 환경의 변화로부터 나타났다.

키기긱!

생쥐 한 마리가 저쪽 어둠 속을 스치듯 달려 지나갔다. 그런데 쥐의 모습이 이상했다.

아니, 기괴했다.

보통 쥐의 열 배쯤 되는 덩치는 둘째치고라도 눈, 코, 입이 제대로 붙어 있지 않았다. 눈은 정수리에 있었으며, 코는 등에, 입은 앞발에 달려 있었다. 이곳 환경의 지나치게 농밀한 마나로 인해 신체가 변형된 것 같았다.

놈은 일행을 발견하자마자 어둠 속으로 급히 숨어들었다. 정확하게는 일행 중의 시슬란과 눈이 마주치고 나서 보인 행동이었다.

일행은 내리막길을 따라 계속 전진했다.

몇 걸음에 한 번씩 갖가지 기괴한 생물들의 모습이 보였다. 하나, 놈들의 반응은 하나같이 똑같았다. 시슬란을 보자마자 혼비백산하며 구석으로 숨기 바빴다. 놈들은 다른 사람들과는 다른 시슬란의 기운을 민감하게 느끼는 것 같았다.

꿀꺽.

근위 기사 중의 누군가가 마른침을 삼켰다. 어떤 이는 무의식중에 입술을 잘근잘근 깨물고 있었다.

그렇게 얼마나 걸었을까.

끝없는 나선이 영원히 이어지는 것이 아닌가 싶은 생각이 들었을 무렵, 저 멀리에서 희미한 빛이 보이기 시작했다. 일행의 발걸음이 절로 바빠졌다. 모두가 빛에 이끌리듯 걸음을 재촉했다.

이내 모습을 드러낸 것은 거대한 철문이었다. 통로는 철문으로 막혀 있었다. 앞서의 빛은 철문 양쪽 벽면에 세워진 횃불에서 흘러나온 것이었다.

"……."

시슬란은 철문을 관찰했다.

그 너머에 도사리고 있는 압도적인 마나의 흐름이 느껴졌다. 그리고 이해할 수 없는 수많은 기척 또한 감지되었다. 그 속에는 처절한 비명과 절박한 신음 또한 섞여 있었다. 사람들의 기척인 것 같았다.

시슬란이 말했다.

"열어라."

"하, 하지만 이곳은……."

왕세자 마르두크가 주저했다.

하지만 시슬란의 표정은 담담했다.

아니, 단호했다.

그와 눈이 마주친 마르두크가 체념한 듯 고개를 푹 숙였다. 잇새로 작게 욕설을 깨물며 한 손을 뻗었다.

그런데 그가 손을 뻗은 곳은 철문이 아닌, 철문 옆에 세워진 횃불 쪽이었다. 정확히 말하자면 마르두크 왕세자는 활활 타오르는 불길 속으로 손을 집어넣었다.

"아앗……!"

깜짝 놀란 근위 기사 몇몇이 소리를 질렀다. 하나, 그때 이미 왕세자의 손은 불길에 휘감겨 있었다. 그러나 그의 손은 전혀 상하지 않았다. 고통을 느끼지도, 화상을 입지도 않았다.

그때였다.

[누구시오?]

횃불이 일렁이는가 싶더니 불길을 통해 누군가의 경계심 가득한 목소리가 흘러나왔다.

마르두크 왕세자가 시슬란을 돌아보았다.

그의 입가가 실룩였다.

"문을…… 열거라."

왕세자의 목소리를 알아들었음일까.

횃불 속 음성에 서렸던 경계심이 다소 누그러졌다.

[잠시만 기다리십시오.]

그 말이 끝나자마자 마르두크의 손을 휘감은 불길의 색이 푸르게 변했다. 그리고 마치 불로 이루어진 혓바닥인 양 마르두크의 손 곳곳을 날름거리며 검사했다.

불길 속에서 목소리가 들려온 것은 잠시 후였다.

[신원이 확인되었습니다. 어서 오십시오, 저하.]

쿠르르릉…….

철문이 흔들렸다. 그러더니 양쪽으로 스르륵 미끄러지며 열렸다.

엄청난 무게에도 불구하고 마찰 한 번 없이 부드럽게 열리는 그 모습에 기사들이 눈을 휘둥그레 떴다.

하지만 근위 기사들의 놀람은 시작에 불과했다.

"허……?"

"이, 이건……."

이윽고 철문 안쪽의 광경이 드러났다.

기사들이 술렁였다.

그들은 하나같이 당황한 표정을 감추지 못했다. 혹은 경악한 눈길을 다른 곳으로 돌리지 못했다.

철문 안쪽의 광경이 상상을 초월했기 때문이다.

"끄으으윽……. 끄극…… 끅."

곳곳에 철창이 세워져 있었다.

짐승 우리일까?

아니었다.

그 안에서 들려오는 소리는 분명 사람의 것이었다. 그럼에도 그 안쪽의 모두가 상처 입은 짐승 같은 신음을 흘리고 있었다.

"그으으윽……! 그극……."

"꺼으윽……. 누구……."

각각의 철창 안쪽에 격리되어 갇힌 사람들 중에 정상적인 사람은 아무도 없었다.

팔다리가 아예 잘린 이들은 오히려 양호한 편이었다. 대체 어떤 과정을 거친 것인지 차마 눈으로 볼 수 없는 끔찍한 모습들이 곳곳에서 보였다.

"……"

철문 안으로 들어선 모두가 말을 잃었다. 근위 기사들이 아래턱을 떨었다. 창백해진 그들의 피부 위로는 소름이 돋아나 있었다.

근위 기사단장이 마르두크 왕세자를 돌아보았다.

"저하, 이게 대체……."

"……"

왕세자는 말없이 고개를 돌려 의혹의 시선을 외면했다.

답은 다른 곳에서 들려왔다.

"이곳은…… 인체 실험실이로군."

시슬란의 냉랭한 시선이 곳곳을 살폈다. 그는 보는 순간 알 수 있었다. 언젠가 로젠 백작가의 도서관에서 읽었던 마법의 역사에 관한 책이 떠올랐다.

그 책의 내용에 따르자면 이곳은 예전에 성행하다 지금은 백안시되는, 마법적인 인체 실험을 위해 마련된 장소였다. 아마도 그 실험들이란 한때 유행했던 영생에 대한 연구이리라.

벽면을 따라 정리된 수많은 시약이 그러했다.

곳곳에 배치된 수술용 테이블이 그러했다.

그 사이사이 바닥에 얼룩진 핏자국이 그러했다.

철창 안에 갇힌 수많은 실험 재료들이 그러하였다.

그들은 재료였다.

하나, 한편으로는…… 사람이었다.

바로 인체 실험을 위한.

비로소 근위 기사들의 얼굴에 미약한 혐오의 감정이 떠올랐다.

전장의 튀는 선혈과 부서진 뼛조각에는 익숙한 그들이었지만 이곳의 광경은 전장과는 달랐다. 무력한 상대를 철저히 용도와 목적에 따라 해체하고 유린하는 곳. 자부심 강한 기사들이 느끼기에 이곳을 흐르는 피에는 아무런 영광도 없었다.

근위 기사단장이 창백한 얼굴로 왕세자를 바라보았다.

"저, 저하, 대체 이게 어찌 된 일이옵니까? 왜 왕성 지하에 이런 장소가 있는 것이옵니까?"

그때였다.

쿠르르릉……!

일행이 들어온 곳과 반대편에 있던 철문이 열렸다.

열린 철문 뒤로 어느 노마법사가 모습을 드러냈다.

"저하께오서 이 야심한 시간에 이곳엔 어인 일로 직접 오셨……."

노마법사의 인사는 끝까지 이어지지 못했다. 왕세자가 혼자가 아님을 깨달은 마법사가 급하게 입을 다물었기 때문이다.

"……."

마법사의 시선이 일행을 훑었다.

주름진 눈매 사이로 보이는 눈동자는 극히 냉혹하며 무감정해 보였다.

마법사가 물었다.

"이들은 대관절 누구이옵니까?"

마르두크 왕세자의 이마에 진땀이 배었다.

그가 황급히 둘러댔다.

"내, 내 호위들이다."

"그렇습니까? 지난번엔 이렇게 많지 않았는데……."

노마법사가 앙상한 손가락으로 자신의 염소수염을 매만지며 클클거렸다.

그때였다.

"그대가 이곳을 관리하는 자인가?"

마법사의 얼굴이 찌푸려졌다.

왕세자도, 기사도 아닌 허여멀건 사내가 대뜸 하대를 하며 나섰기 때문이다.

"그러는 그쪽은 대체 누구이……."

마법사의 말은 끝까지 이어지지 못했다.

콰직!

"……!"

세상이 환해졌다.

아니, 시야가 섬광에 물들었다.

순간 중력이 사라진 듯한 느낌이 들었다. 하늘을 나는 듯한 기분, 그러다가 마침내 추락하여 전신이 산산조각으로 쪼개지는 듯한 격통.

"크윽……!"

정신을 차렸을 때, 노마법사는 이미 바닥에 널브러져 있었다. 그리고 자신의 머리 위에 허여멀건 사내의 발이 놓여 있음을 깨달았다.

위에서 냉랭한 목소리가 떨어져 내려왔다.

"나는 그대가 이곳의 관리자인지를 물었다."

"크, 크으윽……!"

마법사의 전신이 떨렸다.

다급한 마음에 마법을 구사하려 했다. 하지만 그보다 머리를 짓밟히는 고통이 더욱 컸다. 마법은 발동되기도 전에 실패하고 말았다.

게다가 노마법사는 알 수 없는 압도적인 기세가 자신을 짓누르고 있음을 느꼈다. 이제 한마디만 잘못된 대답을 하여도 곧바로 자신의 머리가 사라질 것임 또한 깨달았다.

마법사가 비참한 벌레처럼 바닥을 비비적거리며 겨우 대

답했다.

"그, 그렇소……."

"또 다른 자들도 있는가?"

"……."

"대답하라."

머리를 짓누르는 압력이 증가했다.

"끄으윽……! 어, 없소! 여긴 나뿐이오! 정말이외다!"

황급히 대답한 마법사는 그제야 안도했다.

머리를 짓누르던 압력이 사라졌기 때문이다.

노마법사의 입가에 비릿한 미소가 피었다. 이제 놈이 안심한 틈을 타서…….

하지만 그의 생각은 이어지지 못했다.

퍼석!

시슬란의 발길 아래 노마법사의 머리가 돌바닥을 파고들었다.

노마법사의 사지가 발작하듯 경련했다. 그리고 두 번 다시 움직이지 않았다.

하지만 시슬란의 시선은 반대편 출구만을 향해 있었다.

정확히는 그곳을 통해 새로 모습을 드러낸 마법사들의 무리를 노려보고 있었다.

그의 붉은 입술이 달싹였다.

"나는 거짓말을 좋아하지 않는다."

왜였을까.

작은 중얼거림일 뿐이었다.

하지만 그 작은 중얼거림에 의해 그의 곁에 있던 왕세자도, 기사단의 기사들도, 새로 모습을 드러낸 마법사의 무리들도 일제히 어깨를 떨었다. 자신도 모르게 전신을 움찔거렸다.

저벅저벅.

시슬란의 걸음이 떼어졌다.

그가 지나간 자리에 노마법사의 피가 묻은 발자국이 남겨졌다.

그 발자국은 마법사들의 무리를 향하고 있었다.

"확인하겠다, 그대들의 입에도 거짓이 담길 것인지를."

샤아아아…….

그의 걸음과 걸음이 이어질 때마다 사방에서 일렁이는 그림자가 피어났다.

위기감을 느낀 마법사들이 다급히 외쳤다.

"치, 침입자다. 대응 마법을……!"

하지만 그때 이미 피 묻은 발자국은 마법사들의 지척에 다다라 있었다.

가장 앞 열에서 마법을 준비하던 마법사의 가슴에 섬뜩한 기분이 내려앉았다.

"아……."

그 순간 그가 본 것은 주홍빛 눈동자였다.

너무나 냉랭하게 가라앉은.

그리고 너무나 역설적으로 담담한.

파학!

"……!"

여기는 위나드 왕국의 수도 윈덤 성, 그 지하 공간에 마련된 인체 실험장.

오늘 이곳에 처음으로 가련한 실험 재료가 아닌 마법사들의 선혈과 비명이 튀어 공간을 물들였다.

3

"세, 세상에……."

위나드 왕국의 왕실 근위 기사단장, 로자르 백작은 저도 모르게 중얼거렸다. 그는 아직도 자신이 본 것을 믿을 수가 없었다.

문득 로자르 백작의 시선이 시슬란의 뒷모습으로 향했다.

처음에 그가 노마법사의 목숨을 앗을 때는 그러려니 했

다. 그 직후 다수의 마법사들이 나타났을 때, 그리고 마법사들을 향해 달려들 때는 생각보다 노련한 인물이라 생각했었다.

마법사들은 갑자기 달려든 그에 의해 마법 한 번 제대로 사용치 못하고 몰살당하고 말았다. 지극히 깔끔하면서도 냉정한 솜씨였다.

그리고 마지막 마법사가 쓰러진 순간, 이곳 지하 실험실을 방비하던 자들이 비로소 모습을 드러냈다.

철컥! 철걱!

흑색 갑주를 입은 그들은 놀랍게도 기사였다.

그것도, 그들 하나하나 모두가 근위 기사단 대원들에 필적하는 기량을 갖춘 베테랑들이었다. 그런 기사들이 조국에 존재함을 몰랐던 로자르 백작이 놀라움에 눈을 휘둥그렇게 떴을 정도였다.

하지만 그때까지 백작이 느꼈던 놀람은 고작 전주곡에 불과했다.

삼십 명에 달하는 최고 기량의 기사들이 모조리 시슬란 한 사람에 의해 목숨을 잃었기에.

'말도 안 돼…….'

로자르 백작은 자신이 보고 있는 광경을 부정하고 싶어졌다.

목이 잘린 기사, 갑주째 형편없이 찌그러져 숨을 거둔 기사, 기사, 기사, 기사들의 시체.

시슬란은 그들을 처리함에 있어 단 한 번도 주저함이 없었다. 게다가 기사 하나를 상대할 때 단 한 번만의 공격을 가했다.

그것으로도 충분했다.

일렁이는 그림자가 갑주를 찌그러뜨리고, 오른손의 단검에서 뽑혀 나온 붉은 광채가 두꺼운 방패와 몸통을 한 번에 잘라 버렸으니까.

꿀꺽.

로자르 백작의 목울대가 위아래로 출렁였다. 수전증이라도 걸린 것처럼 손끝에 절로 경련이 일었다. 그럼에도 그는 자신의 상태를 자각하지 못하였다.

그가 멍해진 정신을 차렸을 때는 누군가의 냉랭한 음성이 귓가를 파고들고도 조금 더 지난 후였다.

"……는가."

"아……?"

퍼뜩 정신을 차린 백작이 앞을 보았다.

어느새 시슬란이 정면에 서 있었다.

시슬란의 입이 재차 열렸다.

"그대는 뭘 하고 있는가."

"아? ……무슨?"

"저들을 방치할 생각인가?"

그러면서 시슬란의 주홍빛 눈동자가 바라본 것은 실험실 벽면을 따라 죽 늘어선 철창이었다. 그 안에 아무런 배려 없이 방치되어 죽어 가고 있는 실험 재료, 바로 사람들이었다.

로자르 백작은 이내 그의 뜻을 깨달았다.

그가 황급히 수하들을 돌아보았다.

"뭘 하느냐? 어서 저들을 꺼내지 않고."

"아, 예……."

기사들이 엉거주춤하며 철창으로 다가갔다.

그때였다.

"네, 네 이놈들! 그건 왕실의 재산이야!"

지금껏 시슬란의 눈치만 보던 마르두크 왕세자가 쥐어짜듯 외쳤다.

그의 외침에 근위 기사들의 걸음이 멎었다. 기사들의 얼굴에 한결같은 당혹감이 서렸다.

"왕……세자 저하?"

마르두크는 그 틈을 놓치지 않고 한층 더 독하게 외쳤다.

"저것들에 대한 실험을 준비하기 위해 얼마나 많은 예산이 소모되었는지 아느냐? 얼마나 많은 준비가 필요했는지 감히 상상이나 할 수 있겠느냐? 실험이 성공하기만 하면 이

나라가 얼마나 부강해질지는 생각해 보았나? 이 멍청한 놈들! 저것들을 풀어 주기만 해봐! 어디 건드리기만 해봐! 왕성에 돌아가는 대로 내 당장 네놈들을 명령 불복과 왕족 모독죄로 목을 매달고 말겠노라!"

"……."

묵직한 침묵이 내려앉았다.

멈춰 선 기사들이 자신들의 단장의 눈치를 살폈다. 어디까지나 그들은 충성 서약에 얽매인 기사였다. 주군의 명령을 목숨보다도 먼저 행하여야 할 입장이었다.

하지만 그때, 시슬란의 목소리가 모두의 귓가를 파고들었다.

"저 철창에 갇힌 이들은…… 이 나라의 백성이 아닌가?"

"……."

"아니냐고 물었다."

"……."

간단한 물음.

하지만 그 물음에 답을 내놓은 사람은 아무도 없었다. 아니, 아무도 입을 열지 못하였다.

심지어 마르두크 왕세자마저도.

시슬란의 눈길이 왕세자에게 가서 멎었다.

"왕이 있고 백성이 있겠는가, 백성이 있고 왕이 있겠는가.

그대는 저 백성들이야말로 그대와 이곳 왕실을 있게 한 기틀이며 근본임을 잊은 것 같군."

"그, 그건 헛소리일……."

마르두크 왕세자가 더듬거렸다.

하나, 그의 목소리는 시슬란의 냉랭한 음성에 파묻히고 말았다.

"나는 이곳에 오기 전 왕성 근처의 삶들을 보았다. 수많은 골목들을 거닐며 그곳에서 부대끼는 사람들을 보았다. 그들은 처참했다. 하루를 연명하기 위해 모든 것을 걸어야 함은 물론이고, 굶주림에 지친 나머지 죽은 자식을 삶아 먹는 부모도 있었다. 과연 그것이 누구의 탓이겠는가."

"제, 제 놈들이 못나서 그러는 걸 왜 내게……."

"헛소리."

"……."

"이제 이곳을 보니 왜 왕성 근처의 백성들이 피폐한 모습들이었는지 이해할 수 있을 것 같군. 마법 실험을 위해 수많은 자금을 소모했겠지. 그리하여 비어 버린 국고를 백성들을 쥐어짜며 보충했겠지. 맞는가?"

"그건……."

마르두크는 더 이상 말을 잇지 못했다.

시슬란의 입매가 일자로 굳어졌다.

"나는 그대를 왕족으로 인정하지 않겠다."

"무, 뭐?"

"또한 그대가 왕족으로서 누려 왔던 모든 것을 부정하겠다."

시슬란의 시선이 움직였다.

그와 눈을 마주친 근위 기사단장 로자르 백작이 찔끔 놀라 한 걸음 물러났다.

그러면서 그는 느꼈다.

자신을 바라보는 시선에 왕세자보다 훨씬 더한 위엄이 서려 있음을.

시슬란의 입이 열렸다.

"열어라."

"……."

으드득.

로자르 백작이 입술을 꽉 깨물었다.

턱으로 피가 흘러내렸다. 그러지 않고서는 버틸 수 없을 것 같았다. 백작의 시선이 시슬란과 왕세자 사이를 바쁘게 오갔다.

시슬란은 당당했으며, 왕세자는 어깨를 늘어뜨리고 있었다.

짧은 번민.

결국 로자르 백작이 고개를 떨어뜨렸다.

그가 선택한 것은 충성이 아닌 사람다움이었다.

"여…… 열어라."

백작의 명령에 기사들이 움직였다.

끼이익.

마침내 철창이 열렸다.

짐승처럼 갇혀 있던 사람들이 풀려 나왔다.

하지만 그들 대부분은 상태가 좋지 못했다. 죽음을 눈앞에 둔 이들이 대부분이었다.

어찌 보면 당연했다.

그들은 갖가지 혹독한 인체 실험 끝에 버려진 폐기물들이었으니까. 그렇게 죽어 가야 할 운명이었으니까.

"주, 죽여…… 주세요……. 제발……."

어느 여인이 속삭였다. 자신을 철창에서 꺼내 준 기사의 손목을 잡고 애원했다. 제발 자신을 죽여 달라고, 이 고통에서 해방시켜 달라고.

여인의 상태는 끔찍했다. 과연 그녀를 인간이라고 볼 수 있을까 싶을 정도의 몰골. 당장 죽지 않은 것이 기적으로 여겨질 정도였다.

하지만 지금 이 순간 이름 모를 여인의 얼굴에 피어나 있는 것은 한 줄기 미소였다.

비록 눈물을 흘릴지언정 그 눈물은 서러움을 담고 있지 않았다. 철창 밖에서나마 인간답게 죽을 수 있게 되었다는 감격이었다.

앳된 얼굴의 근위 기사가 눈을 질끈 감았다.

여인의 심장에 단검을 찔러 넣었다.

"제 딸 에이미에게 부디 안부를……. 흐윽……! 고, 고맙습……니……."

여인은 편한 얼굴로 눈을 감았다.

그러한 일이 실험실 곳곳에서 벌어졌다. 그나마 상태가 양호한 서너 명을 빼고는 모두가 기사들의 손에 안락한 최후를 맞이했다.

시슬란은 근위 기사들이 살아남은 피실험자들을 등에 업은 이후에야 움직였다. 그는 지하 통로를 내려올 때와 마찬가지로 마르두크 왕세자를 앞세웠다.

이제 왕세자는 만사를 포기했는지 별다른 반항도 하지 않았다. 또한 근위 기사들은 더 이상 시슬란을 노려보지 않았다. 그들은 연이어 받은 충격에 혼란스러운 표정을 하고 있었다.

일행은 실험실 더욱 깊숙한 곳으로 들어갔다. 일행이 들어온 출입구 반대편 철문 너머에는 기다랗게 뻗은 통로가 있었다. 통로 좌우로 여러 개의 방이 배치된 구조였다.

방 모두가 실험실이었다.

그곳에 있는 피실험자들의 상태는 한층 더 심각했다.

"크웨에에엑!"

콰앙!

일행을 발견한 피실험자가 철창으로 달려들었다. 한 뼘은 될 법한 송곳니가 철창에 부딪혀 날카로운 소음을 뿌렸다. 거대한 네 개의 팔이 한없이 허우적거리며 철창을 뒤흔들었다.

기사들이 질린 표정을 지었다.

"이건……."

그러는 와중에도 끔찍한 몰골의 피실험자는 철창을 흔들며 발광했다. 이미 인간으로서의 이지를 완전히 상실한 것 같았다.

"……."

처음으로 시슬란의 눈빛에 서글픈 빛이 떠올랐다.

하지만 그뿐, 그는 더 이상 자신의 감정을 내색치 않았다. 다만 잘게 떨리는 속눈썹을 애써 감으며 양손을 들어 올렸을 뿐이었다.

샤아아아……!

"……!"

그림자가 환영처럼 일어났다.

피실험자는 고통을 느낄 틈도 없이 그림자에 짓눌려 숨이 끊어졌다.

시슬란은 복도를 따라 모든 실험실을 돌며 피실험자들의 목숨을 손수 거두었다.

그러면서 확인할 수 있었다.

비록 이지를 잃어 살기 어린 모습을 하고 있다고는 하나, 최후의 순간 모든 피실험자들의 눈동자가 흔들렸다는 것을. 울음 섞인 눈빛으로나마 고맙다는 뜻을 전해 왔다는 것을.

그러나 마르두크 왕세자가 느낀 감정은 달랐다.

"제, 제길……. 저게 전부 얼마짜리들인데……!"

"……."

모두가 일시에 조용해졌다.

시슬란과 근위 기사들의 침묵이 피실험자들의 처량한 시신 위로 묵직하게 내려앉았다.

당황한 마르두크 왕세자가 뒷걸음질 쳤다.

"뭐, 뭐야? 내가 틀린 말 했어? 저들을 활용한 연구가 성공하기만 한다면 이 나라는 영생의 비밀을 틀어쥐게 된다! 그러면 우리의 병사는 전쟁터에서도 죽지 않고……."

"그만하십시오!"

"……."

왕세자는 자신을 노려보는 근위 기사단장의 뜨거운 눈길

과 마주해야 했다.

단장 로자르 백작이 짓씹듯 내뱉었다.

"제발…… 더 이상 왕실을 향한 제 충성심을 비참하고 초라한 것으로 전락시키지 말아 주십시오, 저하. 부탁입니다."

"……."

움찔.

기사들의 눈빛을 마주한 왕세자가 저도 모르게 어깨를 떨었다.

모두가 똑같은 눈빛을 보내오고 있었던 것이다. 간절한 분노, 그리고 엇나간 충성심에의 서러운 자부심을.

하지만 왕세자는 더 이상의 감정을 느낄 기회를 갖지 못했다. 시슬란이 일으킨 그림자가 그의 전신을 압박해 들어왔기 때문이다.

"아직 끝나지 않았어."

콰드드득…….

"크으윽!"

왕세자는 시슬란이 이끄는 대로 억지 걸음을 떼었다.

이제 일행은 복도 반대편 끝의 가장 두꺼운 철문을 향해 다가갔다.

왕세자는 앞서 했던 것과 같이 철문 옆의 불길에 손을 집어넣었다.

그러자 철문이 자동으로 열렸다.

거대한 공간이 모습을 드러냈다.

그 중앙에 오연히 떠 있는 황색 구체가 보였다.

슈오오오…….

황색 구체는 천천히 회전하고 있었다. 동시에 주변의 마나를 게걸스럽게 빨아들이고 있었다.

문득 시슬란의 입술이 작게 달싹였다.

"마나홀……."

그런데 이번의 마나홀은 망각의 섬의 것과 약간 달랐다. 우선 겉으로 보이는 색깔이 다름은 차치하고라도 기운의 성질이 다르게 느껴졌다.

망각의 섬에 있던 마나홀에서는 진한 어둠이 느껴졌다. 하지만 이곳의 마나홀에선 흙냄새와 더불어 짙은 바위의 기운이 풍겼다.

'어쩌면 모든 마나홀이 각기 조금씩 다른 성질을 지니고 있는 것일지도…….'

시슬란은 그리 생각하며 마나홀로 다가갔다.

가까이 가서 보니 마나홀 주위의 바닥에 복잡하게 그려진 도형이 보였다. 도형들은 서로 겹치고 또 겹치며 하나의 거대한 그림을 이루고 있었다.

바로 마법진이었다.

"……."

비로소 이곳 지하에 있는 마법 실험실이 이해가 되었다. 이들은 모든 실험에 마나홀에서 흘러나오는 기운을 이용하였으리라. 덕분에 누구도 감히 시도하지 못한 영생에 관한 연구에 착수하였으리라.

그렇게 뚫어져라 마나홀을 바라보길 한참, 비로소 시슬란의 입이 천천히 열렸다.

"나는 이제부터 이 마나홀에 걸린 봉인을 풀 것이다. 하지만 그 과정에서 이곳 왕성과 수도가 큰 피해를 입을 수도 있다. 그러니 권고한다."

시슬란은 잠시 말을 멈추었다가 이었다.

"당장 이곳 수도의 모든 사람들을 대피시키도록."

"뭐, 뭐요? 그게 대체 무슨 소리요?"

단장 로자르 백작이 반문했다.

그는 자세한 설명을 부탁했다.

"그건……."

시슬란의 말이 이어졌다.

그는 과거 망각의 섬에서 마나홀의 봉인을 풀던 때의 일을 간략히 말해 주었다. 마나홀이 붕괴되는 과정에서 일어난 폭주와 커다란 섬 전체가 빨려들어 소멸된 일들을.

"그럴 수가……."

단장 로자르와 근위 기사들의 얼굴에 경악이 서렸다.

믿을 수가 없었다.

하지만 이상하게도 눈앞의 이 사내가 하는 말은 왠지 믿을 수 있을 것 같았다. 아니, 이 남자에게서는 그를 믿을 수밖에 없도록 만드는 어떠한 분위기가 느껴졌다.

"어떤가? 선택은 그대의 몫이다."

마르두크 왕세자는 자신을 직시하는 시슬란의 눈빛에 마른침을 삼켰다.

동시에 그는 직감했다.

시슬란의 이 물음이 자신에게 주어진 마지막 선택의 기회임을. 설령 수도의 모든 목숨이 붕괴하는 마나홀에 의해 희생된다 하여도 이제 시슬란이 주저하지 않을 것임을.

왕세자의 눈이 질끈 감겼다.

"거……부한다."

"……."

"내, 내가 그런 거짓말을 믿을 것 같아? 마나홀이 폭주한다고? 흥! 웃기지 마. 누가 그런 위협에 겁이라도 먹을 줄 알았나?"

왕세자가 씩씩거리는 숨을 내뱉었다.

반면 시슬란은 여전히 담담하였다.

그가 꺼낸 말 또한 그랬다.

"뜻은 잘 알았다."

그걸로 끝이었다.

시슬란은 더 이상의 어떠한 말도 꺼내지 않았다. 그는 마르두크가 절대로 설득에 응하지 않을 것임을 깨달았다.

시슬란의 손이 마나홀을 향해 뻗어 갔다.

"……."

수도의 사람들을 대피시키지 못한다면, 마지막 남은 방법은 마나홀이 폭주하지 않도록 제어하며 봉인을 푸는 것밖에 없었다.

'가능할까.'

스스로에게 물었다.

확신은 들지 않았다.

다만 그의 몸에 흐르는 뜨거운 피가 대신 말해 주고 있었다. 반드시 해내야 할 것이라고.

그러는 사이에도 시슬란의 손은 마나홀에 점점 더 가까이 다가갔다. 자신을 파괴하려는 그 접근을 깨달았는지 마나홀이 잘게 요동치기 시작했다.

슈오오오…….

그 순간이었다.

콰앙! 콰앙……! 우르르릉…….

별안간 주변을 흔드는 울림이 전해졌다. 매우 낮은 진동이었지만 이곳 지하 공간 전체를 타고 번지는 묵직한 울림이 었다.

"뭐, 뭐지?"

당황한 근위 기사들이 사방을 돌아보았다. 그러는 사이에도 진동은 점점 커졌다. 이내 기사들은 지하 공간을 흔드는 진동이 바로 머리 위쪽에서 이곳을 향해 빠르게 다가오고 있음을 깨달았다.

시슬란의 시선 또한 위쪽으로 향했다.

바로 그때였다.

콰르르르―!

지하 수십 미터의 공간, 그곳의 천장이 뚫렸다.

거대한 손이 불쑥 나타났다. 그리고 천장의 흙더미와 바위들을 단단히 거머쥐었다.

이내 천장 전체가 거대한 손에 의해 마치 뚜껑이 열리듯 치워졌다. 지하 공간의 천장이 통째로 열리며 그 사이로 밤하늘이 언뜻 드러났다.

"엎드려!"

"크으윽!"

기사들이 낙석과 흙더미를 피해 머리를 감싸며 엎드렸다. 로자르 단장도 왕세자를 내리누르며 자신의 몸으로 보호했다.

하지만 단 한 사람, 시슬란만은 여전히 오연히 선 채로 위쪽을 바라보고 있었다. 아니, 정확히는 갑작스럽게 뚫린 천장 위로 모습을 드러낸 어떠한 존재를 주시하고 있었다.

그드득! 와득!

바위 긁히는 소리가 울렸다.

치워진 천장 사이, 밤하늘을 배경으로 거대한 돌덩이가 움직이고 있었다.

그것은 벽돌이었다.

첨탑이었다.

그리고 성벽이었다.

이내 시슬란은 깨달았다.

지상에서 이곳 지하 공간까지 수십 미터의 깊이를 파버리고 마침내 지하 공간의 천장 전체를 옆으로 치워 버린 저 존재가 바로 이곳 마나홀의 가디언임을.

그때 로자르 백작이 몸을 일으키며 중얼거렸다.

가디언을 보던 그의 목소리는 마치 넋이 나간 듯하였다.

"와, 왕성이 통째로 움직이다니……."

6장.

가디언의 역습

1

왕성이 움직였다.

이지러진 달 아래 기울어 가던 밤하늘을 이고서 왕성 전체가 일어섰다.

왕성이 걸었다.

그리고 소리 없이 포효했다.

가장 높은 첨탑이 머리가 되었다. 성루는 두꺼운 어깨가 되었다. 성벽이 견고한 가슴으로 변모했다. 땅 밑으로 파묻혀 있던 성의 토대는 다리가 되었다. 왕성을 이루고 있던 수많은 구조물들이 각기 돌로 된 거인의 일부가 되었다.

마침내 몸을 재구성한 초거대 골렘, 가디언이 일어섰다.

밤하늘이 절반이나 가려졌다.

"저, 저게…… 대체 뭐지……?"

수도 윈덤 성 아래의 밤거리를 헤매던 현상금 사냥꾼들이 신음했다. 골목 구석에 머리를 박고서 새우잠을 청하던 부랑자가 눈곱을 비비다 놀라 엉덩방아를 찧었다. 생계를 위해 푼돈이나마 벌어 보려 호객 행위를 하던 밤의 여인들이 눈을 부릅떴다.

"꺄아아악—!"

어느 이름 모를 여인의 비명.

그 날카로운 소리가 도화선이 되었다.

공포가 순식간에 전염되었다.

"도…… 도망쳐!"

현상금 사냥꾼들이 뛰었다.

그들은 갑작스럽게 몸을 일으킨 거대한 거인을 피해 허겁지겁 뛰었다. 그들의 뒤를 따라 길가의 부랑자들이 뛰었다. 밤거리의 여인들이 뛰었다.

그 소란에 수도의 백성들이 하나둘 잠에서 깨어나 졸린 얼굴로 창의 커튼을 걷었다. 문을 열어 고개를 내밀고 밖을 살폈다. 그리고 경악에 찬 눈으로 비명을 질러야 했다.

"저, 저게 대체……!"

집집마다 난리가 일어났다. 전염병처럼 비명이 번져 갔

다. 잠옷 차림으로 뛰쳐나온 사람들이 늘어났다. 사람들은 왕성에서 먼 방향을 향해 뛰었다.

하지만 몸을 일으킨 초거대 골렘, 가디언은 자신을 피해 도망치는 사람들 따위에겐 일절 관심도 두지 않았다. 이 거대한 골렘에게 있어 피난민들은 그저 자신과 무관한 개미 떼와 다름이 없었다.

가디언의 관심은 자신의 발치를 향해 있었다.

아니, 정확히는 자신이 지켜야 할 마나홀을 향해 있었다.

쿠구구구…….

가디언이 허리를 숙였다. 그 단순한 동작에도 요란한 소음이 일어났다. 성벽 위에 위태롭게 매달려 있던 병사들이 수십 미터 아래로 추락했다.

"아아아악……!"

그들의 비명이 끝나기도 전에 가디언의 두 팔이 왕성 아래 지면을 파고들었다. 삽처럼 넓적한 두 손이 순식간에 땅을 헤집기 시작했다.

콰직! 콰아앙! 콰쾅!

순식간에 거대한 구덩이가 만들어졌다. 구덩이는 가디언의 손놀림에 의해 점점 커졌고, 깊어졌다.

바위가 날았다.

흙더미가 쏟아졌다.

지축이 떨었다.

먼지가 자욱하게 피어났다. 그리하여 마침내 싯누런 먼지 물결은 밤하늘의 이지러진 달마저 가렸다.

그 순간이었다.

그르르르…….

가디언이 동작을 딱 멈추었다. 그리고 가만히 아래를 내려다보며 낮게 울었다.

그곳, 마침내 드러난 지하 공간에는 한 사내가 서 있었다.

떨어지는 토사와 낙석을 피하기 위해 바닥에 형편없이 엎드리고 널브러진 주변의 다른 사람들과 달리 전혀 위축됨 없이 담담하게 가디언을 올려다보는 사내가 있었다.

바로 시슬란이었다.

"……."

일순간 시슬란과 가디언의 시선이 교차했다. 장대한 흙먼지 사이로 공기마저 얼릴 듯한 침묵이 내려앉았다.

두 존재는 그렇게 서로를 마주했다.

그 고요함 속에서 눈에 보이지 않는 기세가 서서히 고양되기 시작하였다.

*　　*　　*

같은 시각, 윈덤 성의 첨탑 안에서 회의를 진행 중이던 대신들은 극히 당황한 모습을 보이고 있었다.

"이, 이게 어찌 된 일인가……!"

왕국의 정보부장 위네 후작이 간신히 정신을 차리며 신음했다.

도저히 이해할 수 없는 일이었다.

어느 순간부터였다.

왕성 전체가 지진이라도 만난 듯 갑자기 요동을 치더니 천장이 뒤집히고 바닥이 일어섰다. 벽이 제멋대로 뒤틀리고 방 구조가 순식간에 바뀌었다.

때문에 긴급회의를 위해 방 안에 모여 있던 사람들 대부분이 심각한 부상을 입었음은 필연이었다.

"으윽……."

그 와중에 호되게 나가떨어졌던 위네 후작의 모습은 처참했다. 머리 한쪽이 찢어져 이마까지 피가 흘러내리고 있었고, 부러진 한쪽 팔뚝은 축 늘어져 있었다.

회의실 반대편에서 정신을 차린 내무대신 노먼턴 공작의 처지도 별반 다르지 않았다.

"끄으윽……. 이게 대체 무슨 난리인고?"

공작의 물음에 대답할 수 있는 이는 아무도 없었다. 자리에 있던 대신들 대부분이 정신을 잃은 상태였기 때문이다. 또한 회의실을 지키던 근위 기사들도 다들 심각한 부상을 입은 상태였다.

그중에 예외가 있다면 단 하나, 회의가 시작되던 때부터 대신들의 잡심부름을 거들던 벙어리 시녀밖에 없었다. 어찌 된 일인지 그녀만큼은 아무런 부상도 없이 멀쩡하였다.

노먼턴 공작의 손이 시녀를 향해 내뻗어졌다.

"이, 이리 와서 날 좀 부축하게나."

"……."

시녀가 다가와 공작의 손을 맞잡았다.

공작의 얼굴에 고통 어린 미소가 피어났다.

"고, 고맙네. 그런데 살살 좀……."

이상한 일이었다.

시녀는 이런 급작스러운 상황 안에서도 이상하도록 침착한 표정을 하고 있었다. 마치 원래부터 표정이란 게 아예 없는 사람처럼.

노먼턴 공작이 그걸 보고 무언가 이상함을 느꼈을 때는 이미 시녀의 손에 들린 단검이 그의 심장을 꿰뚫은 후였다.

푸욱.

"끄……?"

공작이 눈을 부릅뜨며 시녀를 마주 보았다.

"……어째……서?"

그는 의문 가득한 얼굴로 눈을 감지도 못하고 숨이 끊어졌다.

파학!

뽑힌 단검이 허공에 피를 흩뿌렸다.

그럼에도 시녀의 얼굴에는 여전히 아무런 표정도 없었다.

시녀는 말 그대로 무표정한 낯빛으로 걸음을 옮겼다. 그리고 바닥에 쓰러진 대신들의 심장에 차례대로 단검을 꽂아 넣었다. 중상을 입어 비치적거리는 근위 기사들의 목젖을 베어 냈다.

그녀는 아무런 망설임이 없었다.

마치 바닥에 떨어진 동전을 줍듯이 당연하게 일련의 동작을 수행할 뿐이었다.

저벅저벅.

이내 시녀의 무표정한 걸음이 최후의 생존자, 정보부장 위네 후작에게 향하였다.

"허, 허억?"

노먼턴 공작이 죽던 때부터 상황을 지켜보던 위네 후작이 헛숨을 뱉었다. 그는 두려움에 몸을 떨며 뒤로 기어서 도망치려 했다. 하지만 부상을 입은 탓인지 그조차도 여의

치 않았다. 시녀와의 거리가 천천히 좁혀졌다.

"그, 그만! 멈춰! 네년은 대체 누구냐!"

저벅저벅.

시녀의 피투성이 손이 들렸다. 피와 기름기로 지저분해진 단검이 섬뜩한 빛을 반사했다. 그 빛은 위네 후작의 심장을 겨누고 있었다.

"크으윽! 멈추지 못할까!"

후작이 발작하듯 뒤로 몸을 날렸다. 그러다가 단단한 무언가에 등이 부딪혔다. 후작의 고개가 반사적으로 뒤로 돌아갔다.

"……아? 타이드…… 백작?"

그의 뒤에 우뚝 서 있는 인물은 타이드 백작이었다.

후작의 얼굴에 화색이 피어났다.

그가 급히 말했다.

"이, 이보게, 백작! 저 시녀가 미쳤나 보네. 어서 저것을 막아 주게나."

하지만 그 순간 후작은 조금만 더 냉정을 유지하고서 상황을 살폈어야 했다. 타이드 백작의 상태를 빨리 알아챘어야 했다.

벙어리 시녀와 마찬가지로 타이드 백작 또한 조금의 부상도 입지 않은 상태였으니까.

"……."

타이드 백작의 건조한 시선이 후작을 향했다.

움찔.

"왜, 왜 이러나……? 자네는 어서……."

서걱.

어느새 빼어 든 타이드 백작의 단검이 후작의 목덜미를 갈랐다.

후작의 눈가에 경악이 피어났다.

하지만 이미 때는 늦어 있었다.

"그……그륵…… 꾸르륵……!"

피가래 섞인 절박한 음성과 함께 후작이 썩은 고목처럼 넘어졌다. 검붉은 핏물이 바닥에 빠르게 번져 갔다.

비로소 타이드 백작의 입이 열렸다.

"결국 저질렀군, 사야나. 그렇게 급했나?"

한마디 말을 꺼내는 동안 백작의 표정이 변했다.

그것은 극적인 변화였다.

백작은, 아니 타이드는 근면 성실해 보이던 지금까지의 인상과 달리 극히 허무하고 초췌한 느낌을 주는 사내로 변모했다. 단지 표정이 변했을 뿐인데 완전히 다른 사람이 된 것만 같은 변화였다.

하지만 그의 변화는 앞에 선 벙어리 시녀, 사야나의 변신에 비하자면 견줄 수조차 없는 것이었다.

"호호홋."

사야나의 입에서 웃음소리가 배어 나온다 싶은 순간, 그녀의 모습이 순식간에 변하기 시작했다.

슈화아악…….

처진 눈썹이 위로 들렸다. 둥글던 눈매가 날카롭게 변했다. 펑퍼짐하던 콧대가 세워졌고, 볼에 가득하던 주근깨가 사라졌다. 넓적하던 입술이 도톰하게 변했다.

변화는 얼굴에만 국한된 것이 아니었다.

칙칙하던 회갈색 머리칼이 화려한 백금발로 물들며 엉덩이를 덮고 허벅지까지 내려올 정도로 길게 자라났다. 키도 한 뼘 이상 커졌으며, 밋밋하던 신체의 굴곡은 꽉 짜여 날렵하게 변했다.

그 변화를 지켜보던 타이드의 입가에 비웃음이 떠올랐다.

"카멜레온 같은 년. 악취미는 여전하군그래. 소식은 들었다. 네년이 로테르담 지부의 멍청한 시장 놈을 처단했다지?"

"그래, 맞아."

"이후에 저 루나리언 놈을 이곳까지 유도한 것도 네년일 테고?"

"맞아."

"죽고 싶나?"

순간 타이드의 전신에서 음울한 기세가 피어났다.

하지만 사야나는 그 기세를 앞에 두고도 코웃음만 쳤다.

그녀의 눈빛 역시 차갑게 물들었다.

"내게 마스터의 명령서가 있음을 잊지 마."

"……."

어쩐 이유에서였을까.

그녀의 한마디에 타이드가 주춤했다.

사야나가 물었다.

"왕은?"

"……."

둘 사이에 싸늘한 공기가 내려앉았다.

사야나의 눈빛이 더욱 차갑게 물들었다.

스산한 음성이 그녀의 입술을 비집고 흘러나왔다.

"경고하는데, 같은 질문을 두 번 하게 만들지 마."

"……."

타이드의 기세가 누그러들었다.

이내 그의 입이 못마땅한 듯 열렸다.

"왕은…… 따로 가두어 두었다. 계속 써먹으려면 목숨을 붙여 두어야지."

"잘했어."

"……."

"그럼 이제부터 마스터의 바람대로 우리의 루나리언 씨가 어떻게 이 사태를 풀어 갈지 감상해 보실까?"

사야나는 타이드를 버려두고서 회의실 창문을 열었다.

창문 바깥으로 보이는 풍광은 심하게 흔들리고 있었다. 아니, 정확히 말하자면 흔들리는 쪽은 이곳 왕성이었다. 지금 그들이 자리한 곳이 왕성의 첨탑, 바로 초거대 골렘의 머리였으니까.

밤바람이 불어와 실내의 피비린내를 거두었다. 사야나의 머리칼을 흔들었다. 타이드 백작의 소매를 펄럭이게 했다.

그렇게 해서 잠시 드러난 두 사람의 목덜미.

그곳에는 머리 셋 달린 뱀의 낙인이 똑같은 모양으로 찍혀 있었다.

"라랄라……. 자, 가자, 아가야."

사야나의 손길이 난간을 쓰다듬었다.

그에 화답이라도 하듯 초거대 골렘의 동작이 더욱 거칠어졌다.

문득 사야나의 뇌리에 로테르담에서 이곳 윈덤 성까지 오는 동안 겪었던 시슬란의 모습이 떠올랐다. 짙은 속눈썹 그윽한 눈가에 눈웃음이 피었다.

"정말…… 괜찮단 말이야."

그녀의 시선은 어느새 드러난 왕성 아래 지하 공간, 그곳의 중앙에 우뚝 선 시슬란을 향해 있었다.

2

콰아아앙—!

거대한 주먹이 틀어박혔다. 그 한 번의 주먹질에 지하 실험실의 일부분이 완전히 함몰되었다.

하나 초거대 골렘, 가디언은 깨달았다.

자신의 주먹질이 목표를 놓쳤음을.

피슛!

날카로운 소리가 울렸다. 밤의 어둠을 가르는 커튼처럼 희미한 그림자가 달빛의 틈새를 비집고 허공에서 모습을 드러냈다.

바로 시슬란이었다.

"……."

그는 가디언의 왼쪽 어깨 위에 내려서기 바쁘게 재차 몸을 피했다.

콰앙!

거대한 손바닥이 그가 있던 자리를 내리쳤다.

돌조각이 튀었다.

비산하는 파편을 비집고 시슬란이 가디언의 목덜미를 향해 쇄도했다. 어느새 그의 손에는 단검, 장미의 맹약이 들려 있었다.

장미의 맹약에서 날카로운 빛살이 솟구쳤다.

츠츠츳—!

붉은빛이 치명적인 기세로 가디언의 목을 베었다.

하지만 그뿐이었다.

가디언의 목은 그 지름만 자그마치 20미터 가까이 되었다. 게다가 그 두께 전체가 암석으로 이루어져 더없이 단단하기까지 하였다.

결코 베어 낼 수 없는 상대.

그걸 깨달은 시슬란의 표정이 미미하게 굳었다.

또다시 가디언의 손바닥이 하늘을 뒤덮듯 날아왔다. 마치 귀찮은 파리를 내쫓는 듯한 동작이었다. 하지만 그 안에 실린 힘은 끔찍할 정도로 거대했다.

콰쾅!

미리 몸을 피했음에도 굉음과 충격파에 몸이 흔들릴 지경이었다. 이후로도 시슬란은 그림자와 달빛의 틈새를 밟아 가며 가디언의 전신을 베고 난자하고 유린했다.

하지만 가디언의 몸은 너무나 거대했다. 두껍고 단단했다. 시슬란이 일으키는 마나의 칼날로는 그저 표면에 생채기를 내는 것 이상의 결과를 만들 수가 없었다.

그것은 모기와 인간의 싸움과도 같았다.

그렇게 시슬란과 가디언이 아슬아슬한 격전을 이어 가던 어느 순간이었다.

그워어어억—!

가디언이 포효했다.

그와 동시에 놈의 몸체에 변형이 일어났다.

와드득, 콰드드드득!

바위 긁히는 소리가 요란하게 울린다 싶은 찰나, 십여 줄기의 바위기둥이 가디언의 등에서 솟구치더니 마침 허공에 떠 있던 시슬란을 너무나 빠르게 덮쳐 왔다.

"……!"

지름만 5미터가 넘을 거대한 바위기둥이 이미 지척에까지 쇄도한 상태!

시슬란이 재빨리 손을 내뻗어 그림자를 장막처럼 펼쳐 냈다.

바위기둥이 그림자 장막에 충돌했다.

투확—!

거친 충격.

세상이 둘로 쪼개졌다.

아니, 그렇게 된 것만 같은 착각이 절로 일었다.

소리도 들리지 않았다. 어느 방향이 위고 아래인지 구분이 가질 않았다. 순간적으로 눈앞이 까맣게 변했다가 하얀 섬광이 보였다.

아주 찰나의 시간 동안 의식을 잃은 탓일까.

시슬란이 간신히 정신을 차렸을 때는 이미 지면이 바로 눈앞으로 다가와 있었다.

그랬다.

그는 추락하고 있었다.

"……크윽!"

몸을 뒤집어 균형을 잡았다.

그 시간이면 충분했다.

피슛!

시슬란은 지면에 충돌하기 직전에 달빛의 결을 타고 그림자 속으로 걸음을 옮겼다. 그리고 근처 다른 지점에서 다시 모습을 드러냈다.

"후…… 후우……!"

숨을 골랐다.

입에서 단내가 났다.

하지만 쉴 겨를 따윈 애초부터 존재하지 않았다. 대체 그의 위치를 어떻게 알았는지, 가디언이 곧바로 공격을 이어 오고 있었기 때문이다.

콰아앙—!

"크……!"

가까스로 몸을 날린 덕에 도시의 한 블록에 맞먹는 크기의 발에 밟히는 신세는 면할 수 있었다.

그러면서 시슬란은 생각했다.

무언가 이상하다고.

'매번 위치를 옮길 때마다 정확하게 추적해 오고 있다.'

시슬란의 눈썹이 살짝 찡그려졌다.

다음 순간, 마치 그의 추측에 대답이라도 하듯 골렘의 손바닥이 재차 날아들었다. 시슬란이 몸을 피한 지점을 향해 한 치의 오차도 없이 정확하게.

후우웅—!

손바닥이 도착하지도 않았는데 벌써부터 돌풍이 불어왔다. 몸을 가누기 힘들 정도의 거센 바람이었다.

'대체…….'

어떻게 해야 저 말도 안 되는 거구를 쓰러뜨릴 수 있을까.

하나, 그에게는 생각을 이어 갈 시간조차 주어지지 않았다.

가디언의 몸에서 솟구쳐 나온 수십 덩이의 바위들이 밤하늘을 온통 덮어 오고 있었기에. 그의 머리 위를 덮쳐 오고 있었기에.

"크윽!"

몸을 날렸다.

달빛과 그림자의 희미한 경계를 타고 걸음을 옮겼다.

하지만 떨어지는 바위가 너무나 많았다. 그 범위 또한 너무나 광대했다.

게다가 가디언은 시슬란이 몸을 피하는 위치까지 정확히 예측하고 있었다.

후우웅—!

거대한 다리가 정면을 덮쳐 왔다.

시슬란은 서둘러 그림자 장막을 일으켰다.

하지만 가디언의 공격이 반 박자 더 빨랐다.

"……!"

이번에는 소리조차 들리지 않았다. 아니, 전신을 강타한 충격이 너무나 커서 청각의 한계를 벗어난 탓에 시슬란은 일순간 모든 감각을 상실해야 했다.

그 대가는 컸다.

시슬란은 가디언의 발에 차여 끈 떨어진 인형처럼 날려갔다. 정확히 바위 덩어리들이 떨어지고 있는 지점 아래를 나뒹굴었다.

뒤이어 그를 향해 수백, 수천 톤의 낙석이 떨어져 내렸다.

콰콰쾅! 투쾅!

지축이 몸을 떨었다. 먼지가 흩날렸다.

비명도, 최후의 몸부림도, 그 모든 것들이 압도적인 무게와 힘 앞에서 힘없이 짓눌리고 말았다.

하지만 가디언은 그에 만족하지 않았다.

시슬란을 상대하느라 왕성이 있던 곳 주변을 이미 초토화시켰음에도 놈은 시슬란이 바위 더미에 파묻힌 지점을 수없이 화풀이하듯 내리쳤다.

그우우우!

콰앙—! 쿠우웅—! 쾅!

가디언의 주먹이 지축을 내리치는 소리와 함께 먼 하늘에서도 뇌성이 일었다. 이내 번개가 치고 천둥이 밤하늘을 찢었다. 시커먼 먹구름이 밤하늘을 뒤덮으며 달빛을 가렸다.

곧이어 쏟아진 소나기가 먼지구름을 가라앉혔다.

쏴아아아…….

이제 이곳 윈덤 성의 왕궁 터에서 소나기 아래에 서 있는 존재는 오로지 하나밖에 없었다.

마치 고대의 거인처럼 대지 위에 우뚝 선 가디언이 소리 높아 포효했다.

그 굉음에 수도 외곽으로 피신한 주민들이 공포를 느꼈다. 밤하늘의 먹구름이 몸을 떨었다. 번개가 눈을 감고 천둥이 숨을 죽이는 듯했다.

하지만 그렇기에 사람들은 몰랐다.

지금 이 순간 먹구름에 뒤덮인 어둠의 틈새 사이로, 번개로 밝혀진 빛의 향연 뒤로, 천둥에 가려진 소리의 침묵 사이로 단 하나의 그림자가 솟구치고 있다는 사실을.

그 은밀한 그림자가 가디언의 정수리 위에 내려앉았다는 사실 또한.

번쩍!

시슬란이 장미의 맹약을 가디언의 정수리에 찔러 넣었다.

물론 단검의 길이야 손바닥 한 뼘 정도밖에 안 되니 가디언의 입장에서는 바늘에 찔린 것만도 못한 타격이었다.

그래서였다.

가디언은 방심했다.

손을 올려 귀찮은 벌레 쫓듯 시슬란을 쳐내려 했다.

그때였다.

퍼어어엉—!

정수리를 파고든 칼날을 타고 폭풍 같은 마나의 흐름이 쏟아져 들어오더니 그대로 폭발했다.

그 반동으로 시슬란은 허공에 떠올랐다.

휘두른 가디언의 팔이 아슬아슬하게 발아래를 스쳐 지나갔다.

가디언이 처음으로 비틀거렸다.

그리고 분노했다.

크워어억!

이전보다 더욱 맹렬한 공격이 쏟아졌다.

허공으로 몸을 피한 시슬란을 단숨에 후려쳤다.

퍼억!

사지가 뒤틀렸다. 부러진 뼛조각이 피부를 뚫고 튀어나왔다. 피 분수가 뿌려졌다.

철벅.

끔찍한 몰골로 변한 시슬란의 시신이 물웅덩이에 나뒹굴었다. 시뻘건 피가 흘러나와 쏟아지는 장대비에 씻겼다. 물웅덩이가 금방 검붉게 물들었다.

그워어어어어—!

시슬란의 죽음을 직접 확인한 가디언이 포효했다. 밤하늘을 이듯 두 팔을 벌리고 장대한 기세를 내뿜었다. 윈덤성 근처 하늘 아래 땅 위의 모든 생물들이 숨을 죽였다.

하지만 단 하나의 존재만은 예외였다.

"두 번이나 속다니, 의외로군."

번쩍, 펴어엉—!

또다시 깊게 찔러 넣은 장미의 맹약에서 커다란 폭발이 일어났다. 이번에는 목덜미였다.

가디언이 황급히 고개를 돌렸다. 그리고 볼 수 있었다. 자신의 어깨 위에 내려앉은 존재를. 팔짱을 끼고서 오만하게 턱을 치켜든 한 사내를.

이게 어찌 된 일일까.

비록 감정 없는 가디언이었지만 그 순간만은 당황하지 않을 수 없었다.

분명 방금 전 저 인간을 때려죽이지 않았는가. 그 시신이 지금도 저 아래 물웅덩이에…….

……없었다.

시슬란의 목소리는 반대편 어깨에서 들려왔다.

"아마 그대 또한 베르디스처럼 부활의 사도에게 이용당하는 존재겠지?"

크윽!

가디언이 어깨를 털었다.

시슬란이 허공으로 튕겨 올랐다.

이윽고 깍지 낀 거대한 두 주먹이 시슬란을 내리찍었다.

빠아아악—!

이번에는 사지가 뒤틀리는 정도가 아니었다. 가디언의 주먹보다도 훨씬 작은 시슬란의 몸은 그야말로 부서지고 쪼개져 차마 볼 수도 없는 몰골로 변해 버렸다.

하지만 시슬란은 다시 멀쩡한 모습으로 나타났다.

샤아아아……!

시슬란의 전신에서 환영과도 같은 기운이 피어났다. 그의 주위로 수십 명의 그림자가 생겨났다. 모든 그림자가 시슬란과 똑같은 모습으로 변해 갔다.

그제야 가디언은 깨달았다.

처음부터 지금까지 자신이 잡고 승강이를 벌인 상대가 시슬란이 아니었음을. 그가 일으킨 그림자 중의 일부에 불과했음을.

그워어어어—!

하지만 가디언의 강력한 일격은 시슬란의 그림자만 헛되이 때렸을 뿐이었다.

후우우웅—!

가디언의 거대한 팔뚝이 허공을 갈랐다.

이제 시슬란의 기척이 어둠이 서린 모든 방향에서 들려왔다. 그리고 점점 가까이 다가왔다.

그만큼 가디언의 동작 또한 빨라졌다.

아니, 점점 어지러워졌다.

마침내 시슬란의 나직한 목소리가 가디언의 지척에 다다랐다.

"불쌍하군. 쉬어라."

수많은 그림자가 가디언의 주변을 완전히 에워쌌다. 동시에 시슬란이 가디언의 정수리에서 모습을 나타냈다.

그워억!

가디언의 주먹이 시슬란을 노리고 날아들었다.

하지만.

쉬릭!

시슬란은 거짓말처럼 주먹을 피하고는 곧장 바닥으로 쑥 꺼지듯 내려갔다. 그리고 가디언의 발목에 그림자를 휘감았다.

휘리릭, 콰지직—!

발목에 일어난 균열은 작았다. 하지만 그 발목이 지탱하는 무게가 수천 톤에 달하니 결과는 절대로 작을 수가 없었다.

투툭, 투투두둑!

작은 균열이 순식간에 커지며,

콰트드득!

가디언의 발목이 꺾여 버렸다.

그워어억?

가디언이 넘어지는 순간 지면이 들썩거릴 정도의 엄청난 진동이 일어났다.

그럼에도 가디언은 투지를 잃지 않았다.

눈앞에서 얼쩡거리는 시슬란을 쳐 죽이기 위해 누운 채로도 필사의 힘으로 주먹을 내뻗었다.

하지만 시슬란의 뒤에 무엇이 있는지는 미처 보지 못했다. 그는 마나홀을 등지고 서 있었다.

휘릭!

그가 몸을 피하자 자연 가디언의 주먹은 마나홀을 정면으로 때리게 되었다.

먹잇감을 만난 마나홀은 자신의 가디언이라도 그냥 두지 않았다.

슈화아아아아악!

마나홀이 급격히 회전하기 시작했다. 그리고 자신의 몸집보다 수십 배는 더 큰 가디언의 주먹을 빨아들였다.

그워억?

놀란 가디언이 손을 빼려 했다.

하지만 이미 때는 늦어 있었다.

그우우욱! 카가각!

고작 마차 바퀴 정도 지름의 마나홀이었다. 하지만 가디언의 거대한 주먹은 이미 낱낱이 해체되어 작디작은 마나홀 속으로 빨려 들어가고 있었다.

마나홀은 자신이 집어삼키고 있는 물체가 자신을 지키는 가디언이라도 상관하지 않았다. 오히려 오랜만에 만난 풍성한 포식거리를 놓치지 않겠다는 듯 가디언의 주먹과 팔뚝을 더욱 거센 기세로 집어삼켰다.

그워어어어어어!

가디언이 고통스럽게 포효했다. 놈은 이미 주먹뿐만이 아니라 팔뚝 전체가 마나홀에 집어삼켜진 상태였다.

그욱! 그웍! 카가가가각—!

가디언이 남은 한 팔을 지면에 박아 넣고 끌려 들어가지 않으려 필사적으로 버텼다. 폐허가 되다시피 한 왕궁 터에 다섯 줄기의 절박한 손가락 자국이 길게 남았다.

결국 가디언의 손이 지면에서 뽑혔다. 흡수가 더욱 가속화되었다. 어깨에서 가슴으로, 상반신을 넘어 허리와 다리, 그리고 마침내 가디언의 거대한 몸집이 모조리 마나홀로 빨려 들어갔다.

그워어어어……!

마지막 단말마가 밤하늘의 먹장구름을 흩어 냈다. 어느새 소나기가 그치고 검은 밤하늘 사이로 조각달이 모습을 드러냈다.

"……."

시슬란은 다시 지하 실험실로 돌아와 있었다.

이제 그와 마나홀 사이를 막을 수 있는 존재는 어디에도 없었다.

시슬란이 손을 뻗어 마나홀의 표면을 조심스럽게 쓰다듬었다.

울렁.

마나홀이 물결치듯 꿈틀거리는 반응을 보였다. 하지만 이상하게도 앞서 가디언을 대할 때와 달리 시슬란을 집어삼킬 생각은 없어 보였다.

대체 왜일까.

시슬란 스스로도 정확한 이유는 알 수 없었다.

문득 망각의 섬의 가디언 베르디스로부터 들었던 이야기가 떠올랐다.

『마나홀의 봉인을 푸는 법? 나도 몰라. 그런데 그쪽은 해냈잖아? 그것도 부활의 사도들이 수천 년 동안이나 실패한 일을 단 한 번에. 그러니까 답은 그쪽이 알고 있지 않을까.』

어쩌면 그녀의 말이 맞는지도 모른다.

정말로 환상처럼, 어떻게 하면 마나홀의 봉인을 풀 수 있는지 또렷하게 떠오르고 있었으니까.

환상이 보였다.

그 환상 속에서 시슬란 자신은 지금과 조금 다른 외모를 하고 있었다.

루나티카 황실의 예복을 걸친 환상 속의 시슬란이 움직였다. 황금빛 팔찌를 손 위에 두고 무언가를 중얼거렸다. 그러자 노란 구체가 생겨나 팔찌를 뒤덮어 가기 시작했다.

시슬란은 알아볼 수 있었다.

노란 구체가 바로 마나홀임을.

저 장면이 바로 마나홀이 태어나고 있는 순간임을.

그리고 환상 속의 시슬란이 했던 일을 거꾸로 행한다면 마나홀의 봉인이 깨어질 것임을.

알 수 없는, 이해할 수도 없는 환상이었다.

하지만 어쩐지 믿을 수 있을 것 같았다.

가만히 눈을 감았다.

아련하게 느껴졌다.

마나홀 내부에서 갖가지 기운의 흐름이 느껴졌다. 그중에는 방금 마나홀에 흡수된 가디언의 것도 있었다.

그나마 다행인 것은 마나홀 내부에서 가디언을 제외한 다른 영혼의 존재는 느껴지지 않는다는 것이었다. 아마 가디언이 처음 몸을 움직이기 시작했던 시점에 그 내부, 왕성에 있던 이들 대부분이 죽은 탓이리라.

시슬란은 마나홀의 움직임을 민감하게 느끼며 정신을 집중했다. 그러자 과거 망각의 섬에서 마나홀에 빠졌을 때와 비슷한 현상이 일어났다.

과거의 기억들이 일부 조작된 형태로 떠올라 그의 정신을 괴롭혔다.

하지만 이제 시슬란은 흔들리지 않았다. 그 기억들에 영향을 받거나 하지도 않았다. 이미 한번 극복한 시련에 다시 휘둘릴 그가 아니었기에.

결국 마나홀의 표면이 천천히 수축하기 시작했다.

투정 부리던 아이가 진정되어 조금씩 울음을 그치듯, 요동치던 마나홀이 잠잠해지고 있었다.

슈우우우우…….

줄어든 마나홀은 어느새 시슬란의 손바닥 위에 놓일 정도로 작아졌다. 그러자 그 내부에 깃든 어떠한 형체가 점점 표면에 비쳐 보이기 시작했다.

둥근 고리.

그것은 황금빛 팔찌였다.

두 번째 마나 크리스털이었다.

시슬란은 더욱 정신을 집중하였다. 손바닥 위의 마나홀이 더욱 수축하였다. 몸을 떨었다. 시슬란의 귀에 걸린 마나 크리스털 귀걸이가 그 떨림에 공명하였다.

마나홀 표면이 흐릿해지기 시작했다. 그 내부에 깃든 팔찌의 윤곽이 점점 또렷해졌다.

그만큼 시슬란은 급속도로 지쳐 갔다. 앞서 가디언과의 대결에서도 많은 힘을 소모한 그였기에 마나홀의 봉인을 푸는 일은 결코 만만한 것이 아니었다.

"후…… 후우……."

갑작스러운 현기증이 느껴졌다.

숨을 고르며 정신을 다잡았다.

두 번째 마나 크리스털을 얻었다.

극도로 지친 와중에도 더없는 만족감이 들었다.

시슬란의 다른 쪽 손이 팔찌를 향해 움직였다. 천천히, 조금씩, 그리하여 마침내 그의 가지런한 손가락이 팔찌 표면에 닿은 순간이었다.

푸욱.

"……."

문득 시슬란의 시선이 아래를 향했다.

피 묻은 기다란 칼날이 보였다.

그런데 그 칼날은 뒤에서부터 시슬란의 아랫배를 뚫고 튀어나와 있었다.

이상한 일이었다.

동시에 이해되지 않는 일이기도 했다.

답은 뒤쪽에서부터 들려왔다.

"그동안 수고 많았어, 루나리언."

마치 연인을 향한 듯한 감미로운 속삭임이 귓가를 간질였다.

7장.

치명상

1

뚝, 뚝…….

차가운 대지 위로 뜨거운 핏물이 방울져 떨어졌다.

관통당한 아랫배로부터 묵직한 감각이 올라왔다. 묵직함은 이내 화끈한 열기로, 다시 짜릿한 고통으로 변질되었다.

문득 씁쓸한 웃음이 흘러나왔다.

'방심하지는 않았었는데.'

정말로 그랬다.

그는 충분히 사방을 경계했다. 마나홀의 봉인을 풀고 있던 와중에도 그러하였다.

다만 앞선 가디언과의 대결에서 많은 힘을 소모한 점, 그리고 마나홀의 봉인을 깨는 과정에서의 집중, 이 두 가지 요소 때문에 그는 어느 정도 무방비 상태에 놓여 있었다.

그것이 실수라면 유일한 실수였달까.

달콤한 속삭임이 귓가를 맴돌았다.

"이게 어떻게 된 일인지 궁금하겠지, 그렇지 않니?"

부드러운 목소리.

시슬란은 비로소 알 수 있었다.

자신의 뒤에 나타난 상대가 근위 기사들 따위와는 비교도 할 수 없는 존재라는 것을. 어쩌면, 자신이 멀쩡한 상태였더라도 완전한 방비를 자신할 수 없을지도 모르는 상대라는 것을.

그것을 증명할 증인은 주변에도 많았다.

다만 문제가 하나 있다면, 증인이 되어 줄 사람들이 이미 모조리 죽어 버려 어떠한 증언도 할 수 없는 처지가 되었다는 것이겠지만.

시슬란은 사방에 쓰러져 있는 근위 기사들의 시신을 둘러보았다. 그중에는 목이 몸통에서 분리된 기사단장 로자르 백작과 왕세자 마르두크의 시신도 있었다.

대체 어느 틈에 저들을 끝장낸 것일까.

시슬란의 입가에 서린 쓴웃음이 아주 약간 더 짙어졌다.

"그대는…… 부활의 사도인가?"

"어머, 영리하네?"

귓가에 닿는 숨결이 더욱 뜨거워졌다.

혹은, 더욱 노골적으로 변했다.

"어떻게 내 정체를 안 거야? 보면 볼수록 마음에 드는 걸. 아무래도 죽이기엔 너무 아까워. 이대로 생포할까?"

숨결의 간격이 점점, 점점 더 혼탁해졌다.

"사실 마스터에게 명령서를 받을 때만 해도 아무런 감흥이 없었어. 귀찮으니 그럴 수밖에 없잖아? 하지만 이젠 달라진 것 같아. 이렇게 훌륭한 상대가 있는데 내가 어찌 흥분하지 않을까. 아 참! 내가 왜 그쪽을 찾아왔는지는 아직 모르고 있지?"

"……."

"마스터가 그쪽을 아주 궁금해하고 있어. 우리가 대대로 풀지 못했던 마나홀의 봉인을 어떻게 깨뜨린 건지를 말이야. 그래서 마스터가 날 보냈지. 그쪽을 두 번째 마나홀까지 인도하고, 그래서 마나홀에 걸린 봉인을 깨는 모습을 관찰하고, 그게 끝나면……."

숨결이 은근해졌다.

혹은, 그 안에 실린 열기가 더욱 달아올랐다.

시슬란의 뒤에 선 여인, 사야나의 눈동자에 더없는 흥분과 쾌락이 섞였다.

하지만 이내 흘러나온 그녀의 목소리는 더없이 차가웠다.

"그쪽을 죽이고 모든 것을 빼앗으라고."

파학!

"……!"

아랫배를 관통했던 칼날이 뽑혔다. 반대편 등허리를 통해 선혈이 분수처럼 솟구쳤다.

시슬란은 상처를 틀어막으며 돌아섰다. 처음으로 사야나를 마주했다. 그녀의 목에 새겨진 머리 셋 달린 뱀의 낙인을 확인했다.

하지만 그는 더 이상 움직이지 못했다. 어떤 이유에서인지 모르게 온몸이 마비되어 버린 까닭이었다.

사야나의 입가에 치명적인 미소가 피어났다.

"생각보다 약효가 빠르네. 나 사실, 한 방울로도 코끼리 서른 마리를 잠재울 수 있는 마비약을 썼거든. 어때, 기분이? 짜릿해?"

그녀의 칼날에는 피와 섞인 녹색 액체가 발라져 있었다.

"……."

그제야 시슬란은 이해할 수 있었다.

왜 자신이 기습을 당한 직후에 곧바로 반격하지 못했는지. 어째서 온몸이 급속도로 굳어 오고 있는 것인지.

그러는 사이에도 의식은 점점 더 흐려지고 있었다.

현기증이 일었다.

앞에 선 사야나의 모습이 두 개, 세 개로 겹쳐 보였다. 하늘과 땅이 뒤집히고 뒤섞이는 혼탁한 느낌이 뇌리를 잠식해 들어왔다.

하지만 시슬란은 쓰러지지 않았다.

꺾임을 모르는 철탑처럼, 오히려 더욱 꼿꼿이 서서 사야나를 노려보았다.

사야나의 입가에 치명적인 미소가 피었다.

"어머, 이래서 더 마음에 든다니까."

그녀가 시슬란을 뒤에서 안았다. 가느다란 손가락이 시슬란의 탄탄한 가슴을 쓸어 올려 쓰다듬었다. 어깨를 희롱했다. 목덜미를 유혹했다. 그리고 마침내 시슬란의 귓가에 맞닿았다.

사야나가 시슬란의 마나 크리스털 귀걸이를 움켜쥐었다.

"그럼 고맙게 받을게."

파학!

그녀는 귀걸이를 거칠게 잡아당겨 버렸다. 찢긴 귓불에서 피가 흘렀다. 시슬란의 목덜미가 금방 붉게 물들었다.

"하아……."

사야나의 붉은 혓바닥이 시슬란의 새하얀 목덜미를 핥았

다. 그러는 사이에 이미 그녀의 다른 손은 시슬란이 들고 있던 황금빛 팔찌마저 빼앗았다. 마나홀의 봉인 속에 있던 물건들을 모두 빼앗은 것이다.

어느새 그녀의 얼굴에는 안타까운 빛이 떠올라 있었다.

"아까워, 정말로."

"……."

"너 같은 남자는 좀처럼 만나기 어려운데 말이야."

사야나의 검이 천천히 올라왔다. 칼날의 넓은 면이 시슬란의 볼에 맞닿았다. 하지만 차갑다거나 하는 감각은 느껴지지 않았다. 이미 마비가 진행된 탓이었다.

사야나가 속삭였다.

"어떻게 해줄까? 마스터의 명령대로 깔끔한 끝을 원해? 아니면…… 날 조금만 더 즐겁게 해줄래?"

스으윽.

칼날이 소리 없이 시슬란의 어깨를 찔렀다. 살갗을 얇게 저며 냈다. 붉은 피가 흘렀다. 사야나의 숨결이 조금 더 뜨거워졌다.

이제 그녀의 목소리는 몽롱하게 변해 있었다.

"그래……. 어차피 끝날 거잖아? 그럼 조금만 더 수고해줘. 우훗."

사야나의 검이 움직였다.

시슬란의 전신을 천천히, 아주 천천히 찌르고 베고 저며내기 시작했다. 그에 따라 사야나의 호흡이 조금씩 얕아졌다.

그렇게 얼마나 지났을까.

어느새 시슬란의 전신은 피로 낭자한 모습이 되고 말았다. 그럼에도 그는 쓰러지지 못했다. 아니, 쓰러지지 않았다. 결코 무릎을 꿇을 수 없다는 듯이.

"흐음."

그런 시슬란을 보는 사야나의 시선은 예술품을 바라보는 예술인의 그것과도 닮아 있었다. 그 눈동자에 서린 뜨거운 광기마저도 비슷했다.

하지만 그녀의 눈에 떠올랐던 열기는 이내 천천히 식어갔다. 멀리에서 이곳을 향해 다가오는 다수의 기척을 느꼈기 때문이다.

"쳇, 벌써?"

방해꾼들의 접근을 감지한 사야나의 얼굴이 일그러졌다. 아마도 왕실의 근위병들이나 수도 주둔군의 병사들이리라.

하지만 그녀는 이 시간을 더욱 길게 즐기고 싶었다.

그래서였는지도 모른다.

장소를 옮기기 위해 시슬란을 자신의 어깨에 걸쳐 들어올린 것은.

"……어?"

하나, 시슬란을 살짝 들어 올린 순간, 사야나의 동작이 딱 멎었다. 알 수 없는 위화감이 들었다. 불길한 느낌 또한 들었다.

왜일까?

그녀는 곧바로 답을 유추해 낼 수 있었다.

'무게가…… 느껴지지 않아?'

말 그대로 어깨에 걸친 시슬란의 몸에서 아무런 무게감이 느껴지질 않았다.

마치 깃털처럼.

아니, 그보다도 더욱 가벼운…….

'설……마……?'

처음으로 사야나의 눈동자가 흔들렸다.

그 순간이었다.

샤아아아…….

사야나의 어깨에 걸쳐져 있던 시슬란이, 아니, 그녀가 시슬란이라 믿었던 것이 시커먼 그림자로 변해 버렸다. 그리고 산산이 흩어져 허공으로 흩날렸다.

졸지에 사야나는 허공을 부둥켜안은 꼴이 되고 말았다.

'이건……?'

등줄기를 따라 소름이 돋았다.

사야나는 저도 모르게 어깨를 떨며 자신의 전신을 옥죄고 있는 기운의 근원을 찾아 허공을 더듬었다.

그리고 곧 깨달을 수 있었다.

이미 자신의 뒤쪽에 누군가가 서 있다는 사실을.

"그대 또한 크나큰 실수를 저지른 것 같군."

담담한 목소리가 사야나의 귓가에 울렸다.

혹은, 한없이 차가운.

'헉?'

사야나는 급히 돌아섰다.

그 순간 그녀는 진귀한 경험을 체험해야 했다.

투확—!

"……!"

눈앞이 검게 물들었다. 뒤이어 섬광이 작열했다.

온몸이 허공으로 붕 뜨는 느낌이 들었다.

세상이 거꾸로 뒤집혔다.

밤하늘과 회색빛 대지가 요란하게 교차했다. 마치 다람쥐 쳇바퀴 속에 집어 던져진 듯한 기분이었다.

사야나는 공중에서 다섯 바퀴나 회전한 뒤에야 흙탕물 구덩이로 호되게 떨어졌다.

철벅!

"크……윽!"

입안 가득한 진흙과 구정물을 뱉어 내며 몸을 일으켰다.

한순간에 큰 타격을 받은 탓일까.

다리가 휘청거렸다. 몸을 제대로 가눌 수가 없었다. 반쯤 일어나던 그녀는 진흙탕에 엉덩방아를 찧고 말았다.

'대체 무슨…… 일이……?'

간신히 고개를 들었다.

비로소 그녀는 볼 수 있었다.

요요한 밤의 어둠 속에서 자신을 내려다보고 있는 주홍빛 눈동자 한 쌍을. 그리고 그 눈동자가 자신을 향해 천천히 걸어오고 있음도.

"헉…… 허억……."

사야나는 저도 모르게 뒤로 물러났다.

아니, 물러나려 했다.

하지만 손발이 마음대로 움직이지 않았다. 저릿저릿함만이 느껴질 뿐, 아무리 용을 써도 힘이 들어가질 않았다.

그러는 사이에도 주홍빛 눈동자와의 거리는 조금씩 좁혀졌다.

희미한 달빛 아래로 드러나는 실루엣.

그제야 사야나는 눈동자의 정체가 바로 자신이 사냥감이라 여겼던 시슬란임을 깨달았다.

저벅……저벅…….

시슬란의 걸음은 무척 느렸다.

그가 진흙 위에 남긴 발자국으로 혼탁한 흙탕물이 고였다. 흙탕물에 검붉은 피가 점점이 떨어져 섞여 들었다.

그러고 보니 시슬란은 아랫배를 움켜쥐고 있었다. 걸음을 뗄 때마다 아랫배에서 솟아 나온 선혈이 그의 손아귀를 적셨다. 호흡도 무척이나 얕고 불규칙했다.

"헉…… 후우……."

사야나는 시슬란의 상태를 면밀히 살폈다.

'아랫배에 상처가 있다. 그리고 찢어진 귀의 상처도 그대로야. 하지만 그 외의 다른 곳에는 내가 남긴 상처가 보이지 않아. 그렇다면 내가 속은 것은 귀걸이와 팔찌를 빼앗은 이후부터?'

그렇다면 해볼 만하리란 생각이 들었다.

시슬란이 처음에 입었던 관통상은 말 그대로 치명적이었으니까.

그녀는 손가락을 움찔거리며 감각이 회복되길 재촉했다. 곧이어 손발이 조금씩 말을 듣기 시작했다.

그러는 사이 시슬란과의 거리가 두 걸음 간격까지 좁혀졌다.

사야나가 용수철처럼 몸을 튕겨 날린 것은 바로 그 순간이었다.

파하악!

칼날이 시슬란을 향해 직선으로 쏘아졌다.

하지만.

쩌엉!

사야나의 회심의 일격은 시슬란의 손짓에 허무하게 튕겨지고 말았다.

"칫!"

튕겨 나온 칼날에 오히려 탄력을 붙여 절대로 대응하지 못할 각도로 쑤셔 넣었다.

'이건 절대로 못 피해.'

푸욱!

하지만 손에 전해져 오는 감촉이 이상했다.

사야나는 이유를 깨달았다.

와드득.

뼈에 걸린 칼날이 섬뜩한 소리를 내질렀다.

사야나의 검은 시슬란의 몸통이 아닌 그가 내민 손바닥을 꿰뚫고 있었다. 그 탓에 원래 노렸던 부위와는 전혀 다른 곳으로 칼날이 밀려나 버렸다.

그녀의 눈이 휘둥그레졌다.

'무슨…….'

사야나의 생각은 거기까지였다.

서걱!

섬광이 번득인다 싶은 순간 사야나의 몸이 움찔거렸다.

"이게……? 어어? 그르륵……!"

뭔가를 말하려던 사야나의 목에서 바람 빠지는 소리가 들렸다. 하얀 목덜미에 가느다란 혈선이 그려졌다. 붉은 혈선은 순식간에 부피를 늘렸다.

파학!

피 분수가 뿜어져 나왔다. 목의 앞쪽 절반이 갈라진 사야나는 망가진 인형이 날갯짓하듯 두 팔을 허우적거리며 뒤로 천천히 넘어졌다.

그것이 그녀의 생애 마지막 춤사위가 되었다.

"헉…… 허억……!"

마비약을 발랐다는 그녀의 말은 사실인 것 같았다.

시슬란은 쓰러질 것 같은 기분을 참으며 사야나의 손에서 마나 크리스털을 회수했다.

그가 흘린 피가 마나 크리스털에 흠뻑 묻었다.

그때였다.

"저기, 뭔가가 있습니다!"

구덩이 위쪽에서 다수의 기척이 느껴졌다.

뒤늦게 출동한 왕국군이었다.

시슬란은 비틀거리면서 그늘진 자리를 찾아 몸을 숨겼

다. 그리고 병사들의 주의가 흐트러진 틈을 타서 구덩이를 빠져나왔다.

"헉…… 허억……."

포위망을 돌파한 시슬란은 계속해서 걸음을 재촉했다. 언제 다시 추적자가 따라붙을지 알 수 없었다.

'꼴사납군, 꼴사나워. 내가 이런 꼴이라니.'

피식피식 조소가 흘러나왔다.

비틀거리며 빈민가의 골목으로 향했다.

그동안에도 복부의 상처에서 피가 계속 흘러나왔다. 빗물과 핏물에 푹 절어 버린 바지가 힘겨운 걸음을 더욱 무겁게 하였다.

그래서였다.

어느 골목 모퉁이를 돌던 그는 맞은편에서 오던 사람을 미처 알아차리지 못하였다.

"꺄앗?"

모퉁이에서 그와 부딪친 소녀가 엉덩방아를 찧었다. 소녀는 부주의하게 불쑥 튀어나온 상대방을 흘겨보려 했다. 하지만 불행인지 다행인지 그 시도는 무산되고 말았다.

당연했다.

어두운 한밤중에 인적 없는 골목.

그것도 초거대 골렘이 난동을 부려서 난리가 일어난 밤.

빈민가 골목 모퉁이에서 부딪친 피투성이 남자를 감히 흘겨볼 만큼 소녀는 담력이 세지 못했다.

"엄마아아!"

소녀는 소스라치게 놀라 비명을 지르며 달아났다.

골목에는 우두커니 서 있는 시슬란만 남았다.

뚝, 뚝.

비는 조금 전부터 이미 그쳤건만, 그의 발치로는 계속해서 진한 액체가 방울져 떨어지고 있었다.

시슬란은 흐릿한 정신으로 멍하니 그것을 내려다보다가 한 가지 사실을 깨달았다.

'더는…… 못…… 걷겠군.'

그것이 끝이었다.

무너지는 모래성처럼, 시슬란은 그 자리에 허물어지고 말았다.

'일어……나야…….'

철벅……철벅…….

다시 일어나려 움직였다.

하지만 말을 듣는 것은 축 늘어진 팔 한쪽뿐이었다. 그마저도 몇 번인가 바닥에 고인 물웅덩이를 어지럽히고는 힘이 빠지고 말았다.

결국, 그는 일어나기는커녕 골목 모퉁이에 등을 기대고 다리를 뻗은 자세로 주저앉고 말았다. 그 꼴사나운 자신의 모습에 자조 어린 웃음만을 흘려야 했다.

잠시 멎었던 소나기가 다시 내리기 시작했다.

쏴아아아……!

쏟아지는 빗물과 함께 시야가 점점 까맣게 먹물처럼 흐려져 갔다.

시끄러운 빗소리가 차츰 막막하게 멀어졌다.

어둠이 깔렸다.

2

"……."

시슬란은 누운 채로 멍하니 천장을 올려다보았다. 과연 이게 천장이 맞나 싶을 정도로 조잡한 나무판자들이 얼기설기 엮여 있는 모습이 눈에 들어왔다.

정신이 돌아오자마자 그는 가장 먼저 자신의 상태를 살폈다.

일단 죽지는 않았다.

다행히 마나 크리스털도 여전히 손에 쥐고 있었다. 아마 정신을 잃은 사이에도 무의식중에 마나 크리스털만은 손에서 놓지 않은 덕분인 듯했다.

그때였다.

"일어……나셨어요?"

어린 소녀가 한쪽에 늘어져 있는 거적을 젖히며 얼굴을 내밀었다. 이제 열두세 살 정도나 되었을까. 주근깨에 앳된 얼굴이지만 땟국물이 곳곳에 묻고 머리칼은 떡이 진 모습이었다.

그리고 이상하게 낯이 익기도 했다.

"넌?"

시슬란이 미간을 좁히자 소녀가 어깨를 움츠렸다.

"이틀 전 밤에 골목에서……."

"골목?"

그러자 떠올랐다.

모퉁이에서 부딪쳤던 소녀였다.

그렇지 않아도 이곳이 어디인지, 누가 자신을 여기로 데려왔는지 궁금하던 터였다.

"네가 날 여기로 데려온 거니?"

"네……."

소녀가 거적 건너편을 가리켰다.

"동생들이랑 같이요……."

고개를 빼고 그쪽을 보니 그녀보다 조금 어려 보이는 대여섯 명의 사내아이들이 보였다. 하나같이 꼬질꼬질한 모습들이었다.

시슬란은 몸을 일으켰다. 복부에서 망치로 때리는 듯한 통증이 올라오기에 살펴보니 차라리 돼지에게나 덮어 줄 만한 담요가 거칠게 찢겨져 붕대를 대신하고 있었다. 나름 치료랍시고 해준 것 같았다.

"어른들은?"

"없어요."

"왜?"

"그게…… 없으니까요."

"여기 있는 아이들 전부?"

"네……."

소녀의 어깨가 더 움츠러들었다.

시슬란은 저도 모르게 혀를 찼다.

'그럼 여기 있는 아이들이 전부 고아란 말인가?'

아이들의 몰골로 보나 이곳 판잣집을 보나 그게 확실해 보였다.

"나는 시슬란. 네 이름은 뭐니?"

"에이미요……."

"예쁜 이름이구나. 에이미, 고맙다."

"네……."

소녀의 얼굴이 확 붉어졌다. 에이미는 시슬란이 잡을 틈도 없이 고개를 푹 숙이고는 거적 건너편으로 쪼르르 달려가 버렸다.

그제야 거적 건너편이 시끌시끌해졌다.

"어라, 저 형아 일어났어?"

"뭐래? 어디서 온 사람이래?"

흥분한 사내아이들이 에이미에게 질문 세례를 퍼부었다. 하지만 부끄럼 많던 소녀 에이미는 시슬란 앞에서 수줍어하던 모습과 달리 동생들에게 단호한 목소리로 말했다.

"모두 조용히! 아픈 사람이 있으니까 소란 피우면 안 된다고 누나가 말했지?"

"히잉……."

꿀밤을 맞은 사내아이들이 투덜거리는 모습에 시슬란은 그만 조용히 웃음을 짓고 말았다. 모습이야 씻지도 못하고 꾸미지도 못해 더럽기 그지없었지만 그런 외양으로는 가리지 못할 귀엽고 순한 마음씨를 느꼈기 때문이다.

고마움과 함께 왠지 모를 서글픔이 몰려왔다.

'에이미……라고?'

문득 떠올랐다.

윈덤 성의 지하 실험실에서 마주쳤던 수많은 피실험자

들. 비참한 몰골이었던 그들 중의 어느 여인 하나.

앳된 얼굴의 근위 기사에 의해 그 여인은 편히 눈을 감았고, 그때 여인은 감사의 말과 함께 유언을 남겼었다.

"제 딸 에이미에게 부디 안부를……. 흐윽……! 고, 고맙습……니……."

"……."

시슬란은 저도 모르게 입술을 깨물었다.

어쩌면 우연인지도 모른다.

그 죽어 가던 여인과 저 에이미라는 소녀의 머리칼 색깔이 똑같은 것은. 서글서글한 눈매가 유난히도 닮아 보이는 것은.

아팠다.

분명 칼에 찔려 부상을 입은 곳은 복부인데 이상하게도 다치지 않은 가슴이 아프게 느껴졌다.

참으로 이상한 일이었다.

*　　*　　*

며칠이 지났다.

시슬란은 고아들의 거처에서 지냈다.

그동안 고아들에 대해 조금은 알 수 있었다.

아이들은 거리의 소매치기였다. 어리고 무력한 상태에서 할 수 있는 일이라곤 소매치기나 구걸이 전부였을 테니 굶어 죽지 않기 위해선 어쩔 수 없는 선택이었으리라.

어쨌건 그는 고아들의 거처에서 상처를 보살피기에 여념이 없었다.

하지만 회복되어 가는 육신과는 반대로 그의 마음에는 하나씩 멍이 늘어 가고 있었다.

"형, 먹어요."

"……."

시슬란은 아이가 내민 나무 그릇을 바라보았다.

그릇에는 맹물이라기엔 혼탁한, 하지만 수프라기엔 너무나 묽은 국물이 담겨 있었다. 누르스름한 국물에서는 괴상한 냄새가 났다. 곰팡이 냄새? 아니, 차라리 상한 음식 냄새와 더욱 비슷했다.

시슬란이 그릇만 바라보고 있자 아이가 고개를 갸웃거렸다.

"이상……해요?"

"아니, 아니다."

그릇을 받았다. 그러나 그릇 속의 내용물을 먹을 마음이 도저히 들지 않았다.

하지만 아이는 달랐다.

"헤에……. 오랜만에 먹는 거다."

만면에 웃음을 지으며 수프를 들이켰다. 숨도 쉬지 않고 한 번에 꿀꺽꿀꺽 넘겼다. 그러고도 양이 차지 않는지 배를 쓰다듬었다.

아이가 다시 시슬란을 올려다보았다.

"형은 안 드세요?"

"……."

"드셔야 돼요. 아픈 사람은 많이 먹어야 낫는댔어요."

제 배가 고플 법도 하련만, 아이는 수프를 달라고 하지 않았다. 오히려 시슬란을 걱정하고 있었다. 사실 그는 며칠째 이곳의 음식에 입도 대지 않고 있었던 것이다. 아니, 댈 수가 없었다.

세상에 이런 음식이 있을 거라고는 한 번도 상상해 보지 못했다. 이런 음식을 먹고서 그래도 행복하다며 웃는 사람이 있을 줄도 몰랐다.

이곳에 오기 전엔.

"……."

그릇 속의 묽은 수프를 내려다보았다.

비쩍 마르고 지저분한 아이들의 얼굴이 그 안에 비쳐 보였다. 그 뒤엔 부족함 없이 화려하게 살아온 자신의 모습이 겹쳐서 비쳐 보였다.

문득 루나티카에 두고 온 수많은 백성들이 떠올랐다. 어쩌면 그들 또한 자신이 모르는 장소에서 이런 생활을 해왔을지도 모른다는 생각이 들었다. 아니, 아마도 그랬을 것이다. 다만 자신이 그들의 존재를 까맣게 모르고 있었을 뿐.

그들의 비참한 현실이 있었기에 자신의 안락한 생활이 가능했으리란 생각이 들자 가슴의 저릿함이 더는 견디기 힘든 감각으로 이어졌다.

그래서였을 것이다.

그가 망설임 없이 나무 그릇을 입으로 가져간 것은.

"……."

입에 들어온 수프에서는 실로 고약한 냄새가 났다. 순간 욕지기가 치밀었다. 당장이라도 뱉고 싶었다.

하지만 그럴 수는 없었다.

마르두크 왕세자가 떠올랐다.

이걸 뱉는 순간 훗날의 자신이 수많은 백성들의 고통을 외면하는, 마르두크 같은 사람이 될 것만 같았다. 그러고도 무감각하게 자신의 권력과 욕망만을 채우는, 그런 사람이 될 것만 같았다.

꿀꺽.

첫 모금을 삼켰다.

귀한 음식에만 길들여져 있던 위장이 곧바로 격렬하게 반발했다. 하지만 필사적으로 참았다. 두 번째, 세 번째 모금을 연달아 삼켰다.

결국 시슬란은 그릇의 수프를 한 번에 다 마셨다.

아이가 눈을 동그랗게 뜨고 환하게 웃었다.

"와……. 잘 먹네요."

"……."

"더 드실래요?"

아이가 다시 그릇을 내밀었다.

하지만 시슬란은 아이를 물끄러미 바라보기만 했다.

"하나만 묻자."

"네?"

"아픈 사람은…… 많이 먹어야 한다고?"

"응, 에이미 누나가 그랬어요."

"그럼 빨리 낫는다고 그랬니?"

"네."

"그럼…… 주려무나."

그릇을 받았다.

그는 계속해서 마시고, 또 들이켰다.

점점…… 건더기도 없는 멀건 수프가 이상하게도 너무나

진하게 느껴졌다. 이 음식을 만들기 위해 아이들이 거리에서 겪었을 고초를 생각하니 이제 이 수프는 더 이상 멀겋고 고약한 것으로 느껴지지 않았다. 아니, 그렇게 느끼지 않으리라고 스스로에게 끊임없이 되뇌었다.

시슬란과 아이는 부른 배를 쓰다듬으며 나란히 벽에 기대앉았다. 비록 맛은 끔찍했고 물배만 채운 것이지만 포만감만은 진짜였다.

그렇게 한참을 멍하니 앉아 있다가 문득 아이가 물었다.

"근데 있잖아요, 형은 고기를 먹어 본 적이 있어요?"

"아니, 없다."

시슬란은 솔직히 대답했다.

육식을 하지 않는 루나리언이니 당연한 대답이었다.

하지만 아이가 받아들이기엔 조금 달랐나 보다.

"헤에……. 형도 나처럼 찢어지도록 가난하게 자랐나 보다. 완전 불쌍하네요. 그래도 난 두 번이나 먹어 봤는데. 헤헤헷."

혀를 날름 내미는 모습이 그렇게 순진해 보일 수가 없었다.

"……."

그런데 참으로 이해할 수 없는 일이었다.

아이의 환한 웃음 앞에서 코가 시큰해지는 이유는 무엇

일까.

결국 견디지 못한 시슬란은 밖으로 나섰다.

전날과 달리 맑게 갠 하늘에는 피처럼 붉은 달이 떠올라 있었다.

"……."

그는 아무런 말도 없이, 아무런 생각도 하지 않고 그저 밤하늘만 쳐다보며 한참을 걸었다.

'내 고향은…… 저 하늘 어디에 있을까?'

빼앗긴 황실의 권위.

두고 온 백성들.

이곳에서 만난 비참한 아이들.

그와 다를 것 없는 수많은 사람들, 사람들…….

이런 삶이 있는 줄은 몰랐다.

아니, 알았지만 외면했었다.

그저 자신의 일이 아니니까, 자신이 그 처지가 되어 보지 않았으니 몰랐다. 느끼지 못했다.

얼마나 힘겹고, 얼마나 아프고, 얼마나 서러운지.

스스로도 모를 느낌에 가슴이 진정되기는커녕 더욱더 쓰리게 두근거리기만 했다.

그때였다.

덜컹!

고아들의 거처가 있는 곳에서 문이 거칠게 열리는 소리가 들렸다.

그리고 고함 소리.

"이 개 같은 년. 에이미! 어디 있나? 어서 썩 나오지 못해!"

와당탕탕!

물건 부수는 소리도 들려왔다.

시슬란의 표정이 굳었다.

그는 빠른 걸음으로 고아들의 거처로 돌아갔다.

문은 박살 나 있었다.

그리고 서너 사람의 발자국이 거처 안으로 이어져 있었다.

안에서 한 아이의 비명 소리가 들려왔다.

"아아악!"

철썩! 철썩!

어떤 사내의 고함 소리도 들려왔다.

"소리 지를 정신은 있네, 이 애새끼가? 엉? 그런데 대답할 정신은 없고? 말해라. 할당량으로 바칠 돈, 따로 꿍쳐놨지?"

"그, 그게…… 그렇지 않아요……."

"이제는 거짓말까지 해?"

철썩! 와당탕!

"시벌! 에미, 애비도 없는 버러지 잡것들이 날 엿 먹이려고 작정을 했냐? 엉? 니미, 나는 위에다 뭐라고 변명하라고. 엉? 니들이 아주 뒈지고 싶지?"

"으, 으흑……! 다들 골렘 때문에 집도 부서지고 난리가 나서 소매치기를 하려고 해도 할 수가 없단 말예요……!"

"니미, 닥치지 못해!"

"아아악! 그만, 제발 그만해요! 잘못했어요!"

덩치 큰 사내는 아예 대놓고 쓰러진 아이를 밟았다.

그때였다.

"그만하지."

냉랭한 목소리가 들려왔다.

사내의 발길질이 멈추었다.

다른 두 사내도 놀라 뒤돌아섰다.

입구로 들어오고 있던 시슬란이 보였다.

고아들의 거처에서 패악을 부리고 있던 세 명의 사내들이 인상을 구겼다.

"형씨는 뭐요?"

하지만 시슬란은 대답 대신 안을 둘러보았다.

비록 비루하고 갖춘 건 없었지만 아늑했던 공간이었다.

그러나 이제는 달랐다.

한바탕 폭풍이 휩쓸고 지나간 것 같았다.

이 빠진 나무 그릇도, 조잡한 스푼도, 아이들이 옹기종기 모여 잠을 청하던 낡은 나무판자도 모조리 부서져 바닥을 구르고 있었다.

그리고 아이들은 겁에 질려 한쪽 구석에서 와들와들 떨고 있었다.

특히 사내아이들 중에서 나이가 제일 많은 쥬드는 뺨을 얼마나 맞았는지 양쪽 볼이 시퍼렇게 퉁퉁 부어 있었다. 게다가 사내들에게 밟혀 아예 정신을 잃은 상태였다.

그리고 아이들 중에 가장 맏이인 에이미가 보이지 않았다. 아까 식사를 할 때까지만 해도 있던 아이였다. 어디 갈 일도 딱히 없었다.

분명 에이미에게도 무슨 일이 생긴 것 같았다.

시슬란은 표정 하나 바뀌지 않은 채 사내들을 마주 보았다.

"그대들은 누구지? 그리고 에이미는 어디에 있나?"

"하, 그대들?"

"말투 봐라. 아주 귀족 나셨네?"

"형씨, 지나가던 길 그냥 가쇼. 객기 부리다 괜히 다치지 말고."

세 사내가 거들먹거리며 시슬란의 좌우를 둘러쌌다.

그럼에도 여전히 시슬란은 태연했다.

"나는 그대들이 누구인지, 에이미가 어디에 있는지 물었다."

"하아, 니기미 뭐?"

세 사내 중에 가장 덩치 큰 이가 헛웃음을 터뜨렸다.

그리고 나머지 둘에게 손짓했다.

"야, 안 되겠다. 딱 보니 술 처먹고 객기 부리는 놈 같은데 조금 주물러서 쫓아내라."

"예, 형님."

둘에게 시슬란을 맡긴 우두머리 사내는 아이들에게 다가갔다. 그리고 다짜고짜 한 아이의 머리채를 거칠게 잡아챘다.

"나랑 놀까? 할당량, 꿍쳐 둔 거 어디 있냐?"

"저, 정말로 없어요……."

"시벌! 이놈의 애새끼들은 매를 들어도 약발이 안 먹히냐, 어떻게."

사내가 한숨을 쉬며 솥뚜껑 같은 손바닥을 쳐들었다.

그 손바닥에는 쥬드의 피가 묻어 있었다.

휘익!

손바닥이 아이의 얼굴을 향해 세차게 떨어졌다.

아이가 눈을 질끈 감았다.

뻐억!

순간 정적이 찾아왔다.

눈을 질끈 감았던 아이도, 아이를 때리려던 사내도 모두가 놀라 동작을 멈추었다.

'……뭐지?'

아이를 때리려던 사내는 저도 모르게 등줄기가 오싹해지는 기분이 들었다.

그때 뒤에서 들려오는 이상한 신음 소리.

"히, 히끅……. 끄흐으으으……."

"씨이이익…… 끅. 씨이이잇…… 끅."

사내는 부지불식간에 뒤로 고개를 돌렸다.

그리고 보고 말았다.

"……!"

두 부하의 대가리가 천장을 뚫고 나가 있었다.

마치 목매달려 죽은 놈들처럼 머리가 움막 천장을 뚫고 튀어나가서 목 아래 몸통만 대롱대롱 매달려 있는 꼴이었다.

그리고 시슬란은 여전히 담담한 얼굴로 그 아래 서 있었다.

'대체 어떻게?'

그사이 시슬란이 그를 향해 걸어왔다.

사내는 저도 모르게 뒤로 물러났다.

하지만 뒤는 벽이었다.

"하, 하……! 너 이 새끼, 대체 뭐야? 엉?"

"끝까지 대답을 않는군. 분명 나는 질문을 했을 텐데?"

방금 사람 두 명을 반죽음으로 만든 사람치고는 말투가 너무나 단정하고 침착했다.

사내는 그게 더 무서웠다.

"그, 그건…… 니미, 시벌!"

사내의 손이 번개처럼 움직여 품속에서 접칼을 꺼내 시슬란의 목을 향해 찔렀다.

하지만.

뚜두둑!

어떻게 당한 건지도 알 수 없었다.

칼을 쥐고 뻗었던 사내의 팔뼈 다섯 군데가 단숨에 부러졌다.

"……히익!"

숨 막히는 고통에 사내가 입을 딱 벌렸다.

그러나 시슬란은 그의 고통에는 관심도 없었다.

그는 버둥거리는 사내의 목을 움켜쥐고서 아이들을 향해 말했다.

"너희들은 고개를 돌리고 있거라."

"으, 응……. 알았어요."

아이들이 고개를 돌리고 귀를 막았다.

그때부터 사내에게는 지옥이 시작되었다.

그의 귓가에 시슬란이 속삭였다.

"그대는 아직 대답을 하지 않았다."

뚜둑!

이번에는 반대쪽 손목이 부러졌다.

"아악! 저희, 저희는…… 쟈르말 님의 조직원입니다요! 그리고 에이미, 그 계집은…… 두목이 잡아 오라고 해서……."

시슬란의 눈빛이 번득였다.

그가 짓씹듯 말했다.

"안내해라."

"어, 어디로……."

"그대들의 두목이란 자를 만나야겠다."

* * *

쟈르말은 윈덤 성 빈민가의 폭군이었다.

누구든지 그의 심사를 거스르면 살아남기가 힘들었다.

어떻게 해서건 그는 상대를 철저하게 죽여 주위에 공포

를 뿌렸다. 심지어 자신이 죽인 상대의 고기를 요리하여 먹기도 했다.

그렇기에 붙은 별명이 인간 백정이었다.

그럼에도 누구도 그를 쫓아낼 엄두조차 내지 못했다.

그는 혼자가 아니었다.

70명에 이르는 부하들이 있었다.

이른바 도살꾼, 슬로터(Slaughter)라고 불리는 조직이었다.

슬로터는 인간 백정 쟈르말의 친위대나 다름이 없었다. 적어도 빈민가 안에서는 그들의 행위가 법이었고 정의였으며 진리였다.

그들은 빈민가에서 활개 치며 인신매매, 매춘, 마약 밀수, 심지어는 인육 판매까지 안 하는 짓거리가 없었다.

소매치기 또한 마찬가지였다.

윈덤에서 움직이는 소매치기들은 모두 슬로터에 상납금을 바쳐야 했다. 상납금을 채우지 못하면 피의 숙청을 당했다.

누구도 예외가 없었다.

설령 아이들이라고 해도…….

"이름이 에이미라고 했니?"

쟈르말은 눈앞에 무릎 꿇은 아이의 머리를 쓰다듬으며

다정하게 물었다. 하지만 그의 다른 쪽 손에는 사람 팔뚝만 한 식칼이 들려 있었다. 그리고 그는 너무나 많은 피로 물들어 검게 변한 앞치마를 두르고 있었다. 빈민가의 사람들이 인간 백정이라며 두려워하는 바로 그 모습이었다.

덜덜덜…….

겁에 질린 에이미는 대답도 못하고 온몸을 떨었다.

머리를 쓰다듬는 그의 손길에서 역겨운 피 냄새가 훅 끼쳐 왔다.

"에이미, 네가 갈 곳 없는 동생들을 보살피며 열심히 지낸다는 소식은 나도 들었단다. 그래서 나는 에이미가 참 대견스럽다고 생각했어요."

그의 속삭임이 이어졌다.

"그런데 오늘은 참 슬프구나? 내가 그토록 대견하게 생각했던 에이미가 오늘은 날 실망시켜 버렸거든. 그러니 어떻게 하면 좋을까?"

머리를 쓰다듬던 손이 별안간 에이미의 한 팔을 잡아 도마 위에 놓았다.

"못된 짓을 한 아이는 벌을 받아야겠지?"

스윽.

다른 손에 든 식칼을 쳐들었다.

피가 덕지덕지 묻은 식칼이 말하는 것 같았다.

식사 시작, 이라고.

그때였다.

끼이이이익.

그들이 있던 지하실 철문이 갑자기 열렸다.

열린 문 뒤로 쟈르말의 측근이 모습을 드러냈다.

막 에이미의 팔을 자르려던 쟈르말의 눈썹이 꿈틀했다.

"내가 여기 있을 땐 함부로 들어오지 말라고 했지!"

휘리리릭, 뻐걱!

식칼이 날아가 간부의 미간에 꽂혔다.

간부가 눈을 하얗게 까뒤집으며 옆으로 스르르 쓰러졌다.

그런데 그 뒤에는 사람이 하나 더 있었다.

시슬란이었다.

쟈르말이 멈칫했다.

"네놈은 누구냐? 못 보던 놈인데."

하지만 시슬란은 대답하지 않았다.

다만, 대답 대신 옆으로 한 걸음을 조용히 옮겼을 뿐이었다.

순간 쟈르말의 지하실에 밴 피비린내보다도 더욱 진한 피비린내가 바깥에서부터 훅 끼쳐 왔다.

그리고 그의 등 뒤로 펼쳐진 광경이 자연히 드러났다.

"……."

순간 쟈르말은 할 말을 잃어야 했다.

아지트에 있던 자신의 조직원들이 하나도 예외 없이 모조리 목이 날아가 있었다.

믿을 수가 없었다.

하지만 그것이 현실이었다.

'설마 혼자서?'

아무리 봐도 그건 아닌 것 같았다.

쟈르말의 입가에 광기 어린 웃음이 피어났다.

"후후후후……. 그렇단 말이지?"

수하들 70명을 혼자서 썰어 버리는 것, 쟈르말에게도 불가능한 일은 아니었다.

설령 눈앞의 허여멀건 놈이 진짜 혼자서 벌인 일이라 해도 자신의 상대가 될 리는 없다고 생각했다.

그는 망설이지 않았다.

"크크큭!"

곧바로 손을 뻗어 뼈 자르는 톱을 들었다.

그가 다루는 여러 무기 중에서 가장 흉흉하고 잔인한 무기가 바로 뼈 자르는 톱이었다. 톱날에는 아직도 마르지 않은 인간의 살점이 덕지덕지 붙어 있었다.

"크크크크…… 키키키킥!"

톱을 들자 쟈르말의 기세가 더욱 흉악하게 변했다.

그는 에이미를 끌어당겨 자신의 몸을 가렸다. 그리고 톱으로 시슬란을 겨누었다. 먹잇감을 보는 육식동물의 눈빛이었다.

"자아, 어떻게 할 테냐? 순순히 썰릴래, 아니면 반항하다가 애새끼 뒈지는 꼴을 보고 나서 썰릴래?"

그가 시슬란을 향해 서서히 거리를 좁혀 갔다.

그런데 시슬란은 전혀 움직이지 않았다.

단지 냉담한 표정으로 쟈르말을 마주 볼 뿐이었다.

어둡고 눅눅한 지하실에 낭랑한 그의 음성이 퍼졌다.

"여기까지 오는 동안 그대가 저질러 왔던 일들에 대해서 간략하게 들었지. 그래, 그 톱이 그대가 선택한 속죄의 도구인가?"

"뭐? 속죄?"

쟈르말이 반문하던 순간이었다.

샤아아아, 피핏!

무언가 시커먼 것이 사방에서 일어나더니 쟈르말의 손아귀에 붙들려 있던 에이미를 쏙 빼갔다.

어느새 에이미는 시슬란의 품에 안겨 있었다.

"다행히 내가 늦지는 않았구나."

"어…… 어……. 오빠……."

"일단 나가 있거라."

"으, 응……."

겁에 질린 에이미는 비틀거리면서도 순순히 시슬란의 말을 들었다.

끼이익, 철컹.

철문이 닫혔다.

지하실에는 시슬란과 쟈르말만이 남았다.

"뭐, 무슨……."

순식간에 인질을 빼앗긴 쟈르말이 긴장했다. 방금 시슬란의 수법이 무엇이었는지 아예 보지도 못한 까닭이었다.

그제야 덜컥 불길한 예감이 들었다. 상대가 자신의 예상보다 훨씬 위험한 존재일지도 모른다는 불길한 예감.

예감은 현실이 되었다.

"아직 상황을 모르겠나?"

저벅저벅.

시슬란이 다가갔다.

그의 주위로 무형의 기운이 거대하게 일어났다.

쟈르말이 뒷걸음질 쳤다.

"내가 분명히 물었을 텐데? 그걸 속죄의 도구로 삼겠느냐고."

시슬란이 가리킨 것은 바로 쟈르말이 들고 있던 뼈 자르는 톱이었다.

그때부터였다.

시슬란의 눈빛이 바뀌었다.

너무나 고요한, 하지만 그 속에 서린 기운은 결코 고요하지 않았다. 그것은 쟈르말이 평생 경험해 본 적 없는 종류의 눈빛, 냉정한 처단자의 눈빛이었다.

"……!"

쟈르말의 뒷걸음질이 멈추었다.

자의가 아니었다.

천적을 눈앞에 둔 쥐, 그것이 쟈르말의 신세였다.

뒤늦게야 그걸 깨달은 쟈르말이었다.

동시에 방금 시슬란이 뼈 자르는 톱을 가리키며 속죄 운운한 것이 무얼 뜻하는지 감이 잡혔다.

'미, 미친……!'

다음 순간, 쟈르말이 발작적으로 시슬란을 향해 뼈 자르는 톱을 휘둘렀다.

그 이후부터였다.

아주 잠시, 지하실 철문 밖으로 쟈르말의 처절한 비명이 시끄럽게 울리다가 서서히 사그라졌다.

8장.

빈민가의 구세주

1

인간 백정 쟈르말과 그의 조직 슬로터가 하룻밤에 무너졌다. 빈민가의 모든 이들이 간절히 원했지만 감히 실행할 엄두도 내지 못했던 일이었다.

그걸 아무렇지도 않게 해치운 시슬란은 그제야 약간의 피로감을 느꼈다.

복부를 만져 보았다.

피가 배어 나왔다.

사실 죽음의 문턱에 다다를 중상을 입었던 것이 불과 며칠 전이었다. 원래라면 아직 걷지도 못해야 정상이었다.

그러나 시슬란은 달랐다.

루나티카의 황실 후계자 교육은 엄한 정도를 넘어서서 비정하기까지 하다.

그가 받은 교육 또한 그랬다.

어린 시절부터 수많은 수련을 받고, 그 과정에서 크고 작은 무수한 부상을 겪어 보았다. 그러다 보니 자연 상처를 빨리 치유시키는 일이 체질로 굳어 버렸다. 신체가 적응을 한 것이다.

게다가 사실 쟈르말이나 그의 조직원들 정도는 시슬란이 아무리 중상을 입었어도 처리가 가능한 수준이기도 했다.

그렇기에 이들을 모두 쓸어버리고도 시슬란이 느끼는 것은 단 하나, '조금 피로하다.'와 '상처가 조금 욱신거린다.' 정도였다.

어쨌건 슬로터를 쓸어버린 시슬란은 그들의 아지트를 살폈다. 다수의 미약한 기척이 아지트 지하 이곳저곳에서 느껴졌기 때문이다.

그 정체는 곧 드러났다.

끼이이익…….

창고로 가장된 지하 감옥이 드러났다.

그곳에는 30여 명의 사람들이 감금되어 있었다.

바로 인육으로 쓰기 위해 쟈르말이 사육하던 빈민가의 사람들이었다. 대부분이 빚을 감당하지 못해, 혹은 인신매

매를 통해 이런 나락까지 떨어진 이들이었다.

시슬란은 즉시 그들을 모두 풀어 주었다.

그러나 제대로 움직일 수 있는 사람들이 없었다.

너무나 심한 상처를 입었거나, 혹은 굶어서 영양실조와 탈진으로 죽어 가고 있었다.

무고하게 죽어 가는 이들을 두고 그냥 발길을 돌릴 수는 없었다.

그는 거처로 돌아가 에이미와 아이들을 불러왔다. 그리고 살 가망이 있는 사람들을 우선적으로 하여 응급처치를 시작했다.

수없이 다친 경험이 있는 만큼 시슬란은 상처 치료에도 남다른 능력이 있었다. 적어도 외상 치료에 있어서는 이곳 솔라리스의 보통 의사들보다 더 나았다.

다행히 대부분의 사람들이 위험한 고비를 넘겼다.

그래도 시슬란은 안심하지 않고 사람들을 근처 빈민가로 옮겨 계속 치료했다. 그렇게 사나흘이 지나는 사이에 세 명이 죽었다. 시슬란이 노력했지만 그들만큼은 속수무책이었다. 살리기엔 상처가 너무 심각했다.

한 사람이 죽을 때마다 입맛이 썼다.

'회복 마법을 쓰는 마법사를 한 번 보았으면…….'

솔라리스에 오고 난 뒤 그는 우연찮게 마나의 흐름을 볼 수 있게 되었다. 그 능력으로 단검, 장미의 맹약을 써서 폭발 마법을 비슷하게 구현할 수 있었다. 카탈리나가 사용하려 했던 자폭 마법의 마나 흐름을 본 적이 있는 덕분이었다.

마찬가지로 누군가가 회복 마법을 쓰는 모습을 보게 된다면 그것도 비슷하게 흉내를 낼 수 있을 것 같았다. 지금도 상처 때문에 생명이 오락가락하는 이들이 다섯이나 더 있었다. 회복 마법을 흉내 낼 수 있다면 이들을 살리는 것도 가능할 것이다.

그러나 마법사는 쉽게 만날 수 있는 이들이 아니었다. 아무 데서나 만나기에는 그들이 너무나 희귀한 까닭이었다. 그만큼 귀하고 드문 족속이 마법사라는 이들이었다.

하지만 시슬란은 곧 생각을 고쳤다.

'가만, 그래도 지금 윈덤 성에는 평소보다 훨씬 많은 마법사들이 상주하고 있을 가능성이 높다. 특히 치료가 전문인 이들이라면 더더욱.'

초거대 골렘으로 인해 시가지가 파괴된 것이 불과 며칠 전이다.

그렇다면 부상을 입은 사람들도 많을 터이고, 그중에는 신분이 높은 이들도 있을 것이다.

신분이 높은 자들은 아마 평범한 의사보다는 비용이 많

이 들어도 효과가 확실한 치료 마법사나 신관을 찾아갈 터. 그들이 치료 마법을 쓰는 걸 직접 눈으로 보고 치료 마법의 마나 흐름을 익혀 보고 싶었다.

그는 즉시 윈덤 성 시내로 향했다.

"헉, 헉……."

얼마 걷지 않았는데 금방 숨이 찼다.

쟈르말과 슬로터를 처리하며 힘을 너무 쓴 데다 제대로 식사를 챙기지 못했다. 게다가 급한 환자들을 돌보느라 쉬지도 못했다. 그러다 보니 신체의 균형이 점점 깨져서 체력이 떨어져 있었다.

때문에 그는 시가지를 반쯤 지나치다 말고 부서진 담벼락 더미 위에 앉아 휴식을 취했다.

땀으로 흥건한 몸이 식으며 그제야 주변의 광경이 눈에 제대로 들어오기 시작했다. 정확히 말하면 걷고 생각하는 데에만 신경을 쓰다가 이제 주변이 제대로 인식되기 시작한 것이다.

"……."

일순 그는 굳었다.

주변의 광경은 참혹했다.

부서진 건물과 도로……. 그곳들은 원래 이름 모를 누군가의 삶의 터전일 수도 있던 장소들이었다.

불현듯 죄책감이 치밀었다.

자신이 이곳에 오지 않았다면 초거대 골렘은 일어나지 않았을 것이다. 시가지가 이토록 파괴되어 수많은 사람들이 집을 잃거나 다치지 않아도 되었을 것이다.

그는 찝찝한 느낌을 떨쳐 내듯 자리를 털고 일어났다. 그리고 치료 마법사들이 있을 법한 장소를 향해 걸음을 옮겼다.

예상은 맞았다.

역시 지금 윈덤 성에는 치료 전문 마법사들이 많이 모여 있었다.

시슬란은 귀족 신분으로 위장하여 치료소로 들어갔다. 워낙 그의 용모가 출중한 데다 그림자로 적당한 귀족의 복장을 만들어 입어 주니 치료소 입구를 지키던 문지기도 순순히 길을 내주었다.

"이런, 어쩌다가 이런 상처를 입으셨습니까?"

시슬란의 배에 새겨진 자상을 본 치료 마법사가 깜짝 놀랐다. 보통 정신력이라면 이런 상처를 가지고 멀쩡히 돌아다닐 수는 없는 노릇이었다.

게다가 상처는 검에 찔린 자국이 분명했다.

"재난이 일어나던 날 정체 모를 암살자들에게 찔렸다.

죽을 뻔했지."

"예? 그럼 아직 며칠 지나지도 않았다는 말인데……."

며칠밖에 안 지난 것치고는 회복 속도가 너무 빨랐다.

시슬란이 눈썹을 살짝 찡그렸다.

"다른 치료소로 가서 치료를 받긴 했지. 하지만 그곳 마법사는 너무 서툴더군."

"아, 그러셨군요. 그렇다면 잘 찾아오신 겁니다."

마법사는 자신의 염소수염을 매만지며 한참 동안 자기 자랑을 했다. 요즘 치료 마법사들은 제대로 된 이들이 없다는 둥, 자신을 찾아온 이들은 하나같이 완치되어 나중에 사례를 하러 오는 통에 참 바쁘다는 둥 그의 자랑은 한참이나 이어졌다.

그리고 난 후에야 본격적인 치료가 시작되었다.

슈우우우…….

마법사는 연둣빛 광채가 뿜어져 나오는 손을 시슬란의 상처에 대고 지그시 눌렀다.

동시에 상처에서 올라오던 통증이 씻은 듯이 사라지기 시작했다. 터져서 배어 나오던 피도 멎었다.

시슬란은 정신을 집중하여 마법사의 치료 마법이 보이는 마나의 흐름과 배열을 기억에 새겼다.

이윽고 치료가 끝났다.

"후우, 오늘은 여기까지입니다. 이런 식으로 서너 번만 더 치료를 받으시면 뒤탈이 없을 겁니다. 계산은 나가셔서 출입구 옆의 문지기에게 하시면 됩니다."

"고맙네."

치료비 계산을 마친 시슬란은 서둘러 고아들의 거처로 돌아왔다.

2

몇 번의 연습 끝에 시슬란은 치료 마법을 사용할 수 있게 되었다.

정신을 집중하자 장미의 맹약을 통해 마나의 흐름이 인위적으로 조절되었다.

슈우우우우…….

마법사가 했던 것과 똑같은 연둣빛 광채가 장미의 맹약의 칼날에 담겼다.

일단 그는 시험 삼아 칼날 옆면을 자신의 상처에 갖다 대었다.

결과는 성공적이었다.

치료 마법을 받을 때와 똑같은 느낌이 들었다.

상처가 많이 호전되었다.

그는 곧바로 빈민가 환자들에게 갔다.

상태가 위급했던 다섯 사람에게 우선적으로 치료 마법을 사용했다.

그런데 의외의 결과가 나타났다.

"크, 으윽!"

치료를 잘 받던 도중에 한 사내가 갑자기 온몸을 뒤틀었다. 그러다가 금방 축 늘어져 정신을 잃었다. 상태가 더욱 안 좋아졌다.

시슬란의 표정이 굳었다.

원인을 깨달은 까닭이었다.

사내는 극도의 탈진 증세를 보이고 있었다.

'치료 마법에도 맹점이 있었군. 환자 자신의 체력을 끌어와 신체의 회복력을 활성화시키는 것이 치료 마법의 핵심이다. 그러다 보니 체력이 너무 떨어진 사람에게 사용하면 오히려 부작용만 일어난다.'

결국 치료 마법으로 이들을 살리려면 체력부터 북돋아 주어야 한다는 뜻이었다.

체력을 북돋는 방법은 달리 없다.

좋은 음식을 넉넉히 먹고, 푹 쉬는 수밖에 없었다.

하지만 이곳 빈민가에서는 그게 불가능했다.

가장 단순하면서도 절대적인 원인은 한 가지였다.

돈이 없었다.

잔돈 정도가 아니라 빈민가의 많은 사람을 한꺼번에, 일정 기간 이상 부양할 정도의 목돈이 필요했다.

시슬란은 고민에 잠겼다.

사실 그 돈을 구할 방법은 있었다.

로젠 백작가에 부탁할 수도 있고, 아니면 그가 소유한 루나리언 상회의 자금을 끌어올 수도 있다.

그러나 그렇게 할 염치가 없었다. 카탈리나에게는 매번 도움만 받아 왔다. 한편 루나리언 상회는 이제 막 활동을 시작하여 푼돈이라도 절실한 상황일 터였다.

그런 차에 그들에게 손을 벌리는 것은 스스로에게도, 그들에게도 못할 짓임이 분명했다.

'그렇다면…….'

어느새 그의 손은 품속을 더듬고 있었다.

루나티카에서부터 몸속에 지니고 있던 몇 가지 황실의 패물이 손에 잡혔다.

그것은 그의 어머니, 모후의 유품이었다.

시슬란의 얼굴에 처음으로 갈등이 어렸다.

'이걸 팔면…….'

엄청난 값을 받을 수 있을 것이다.

그 정도 돈이라면 환자들을 살리는 것은 물론이고 부서진 윈덤 성 전체를 재건할 자금도 마련할 수 있을 정도였다.

하지만 그럴 수는 없었다.

어머니의 유품이 아닌가.

그는 고민에 빠졌다.

팔아서 사람들을 살리자는 목소리와 그래도 모후의 유품이니 팔아선 안 된다고 외치는 목소리가 수십 번을 싸웠다.

그러다가 잠깐 잠든 사이에 꿈을 꾸었다.

모후가 인자한 얼굴로 웃으며 말씀하셨다.

『물건은 다만 물건일 뿐이니 마음이 가는 대로 행하거라.』

그 서슬에 놀라 깨어났다.

식은땀을 닦으며 그는 자신을 향해 진지하게 질문했다.

어떻게 하고 싶으냐고.

결론이 나왔다.

모후의 말씀이 맞았다.

물건은 물건일 뿐이었다.

그것에 의미를 붙이고 정을 주고 집착을 하는 것은 결국 사람의 마음에 달린 일일 뿐이었다.

생각을 바꾸자 마음 또한 자연스럽게 따라갔다.

모후의 유품으로 사람 목숨 여럿 살리는 일이 훨씬 더 가치가 있는 일로 느껴졌다.

그는 망설이지 않았다.

곧바로 걸음을 옮겨 윈덤 시가지의 반대편으로 갔다. 그곳은 초거대 골렘의 난동에서 피해를 거의 입지 않은 상업 지구였다.

그는 어느 대형 경매장으로 들어갔다.

그가 모후의 패물을 내놓자 경매장이 완전히 뒤집어졌다.

루나티카 황실의 모후가 아끼던 패물이다.

단순한 패물이 아니라 거의 국보 수준의 예술품이었다.

일단 반지 한쪽만 경매에 올렸다.

경매가 시작되자 값이 순식간에 폭등했다.

결국 모후의 반지는 어느 거상 부인의 손가락에 끼워졌다.

순간 씁쓸한 기분이 들었지만 대신 값은 예상보다 훨씬 많이 받았다. 이 돈으로 사람들을 살릴 생각을 하자 그때부터는 아깝다는 생각이 들지 않았다.

먼저 식료품부터 샀다.

건설 자재도 사고, 인부를 고용했다.

고아들의 움막을 아예 밀어 버리고 새 건물을 지었다. 작고 소박하지만 튼튼하고 위생에도 신경을 쓴 건물이 금방 들어섰다.

그동안 환자들은 균형 잡힌 식사를 했다.

이윽고 건물이 완성되자 안락한 보금자리도 생겼다. 치료 마법조차 감당하기 버거워하던 그들에게 체력이 돌아왔다.

그제야 시슬란은 다시 치료 마법을 행했다.

환자들의 체력이 뒷받침되자 치료 마법이 진가를 발휘하기 시작했다. 금방 숨이 넘어갈 듯 위독했던 환자들의 상처가 며칠이 지나는 사이에 금방 아물어 갔다.

"고맙습니다. 정말로 고맙습니다."

어두운 지하 철창에 갇혀 죽을 날만 기약하고 있던 처지에서 이렇듯 건강하게 살아나자 사람들이 감격의 눈물을 흘렸다. 동시에 보답할 것이 아무것도 없어 난감해하였다.

시슬란은 그들에게 보답은 필요 없다고 했다.

"그저 건강히, 충실하게 살아만 가면 그게 보답이 될 거다."

더욱 감격한 사람들은 그때부터 시슬란에게 극도의 공경을 표하며 그의 그림자도 밟지 않으려 노력했다. 그리고 빈민가의 이웃들에게 자신들이 겪은 놀라운 기적을 말하기 시작했다.

소문이 순식간에 퍼졌다.

무료로 치료 마법을 베푸는 남자에 대한 소문이었다.

빈민가는 물론이고, 초거대 골렘의 재난으로 삶의 터전을 잃고 길거리에서 전전하던 수많은 사람들이 시슬란을 찾아오기 시작했다.

대부분이 다치고도 치료를 받지 못한 딱한 유민들이었다.

시슬란은 그들의 치료를 마다치 않았다.

그들이 다치고 길거리에 나앉은 데에는 그 자신의 책임도 있다고 생각했기 때문이다.

'집을 잃고 삶을 잃은 것이다. 바로 나 때문에.'

예상 못한 것은 아니었다.

그래도 루나티카로 돌아갈 단서를 얻기 위해, 고향으로 돌아가기 위해서라면 그 정도는 감수할 수 있다고 생각한 적도 있었다.

그러나 지금은 아니었다.

에이미와 아이들, 그 밖에 빈민가의 사람들을 직접 눈으로 보고, 함께 생활하면서 비로소 이들의 삶을 아주 조금이나마 이해하게 되었다.

이들에게 골렘의 재난은 그야말로 뜬금없는 재앙, 그 자체였을 것이다. 아무 죄도 없이 맞게 된 날벼락이나 다름없었을 것이다. 그것도, 시슬란 자신의 이기심에서 비롯된.

시슬란은 이들에게 속죄해야 한다고 생각했다. 그렇기에 더욱 치료에 열심히 매진했다.

'마나 크리스털을 찾는 일도 중요하다. 하지만 그렇다고 내 일에만 빠져 나 때문에 고통에 빠진 이 사람들을 외면할 수는 없어. 이건 사람이라면 당연히 져야 할 책임. 이곳을 폐허로 만든 것은 내 책임이다. 그러니…… 이들이 다시 일어나도록 돕는 것도 내가 해야 할 일이다.'

그렇게 결심했다.

그날, 윈덤 성의 경매장에 국보급의 패물이 또 한 번 등장하여 사람들을 술렁이게 하였다.

그리고 다음 날부터 빈민가에 난민 캠프가 건설되기 시작했다.

처음에는 작은 건물 몇 채가 다였다.

시슬란은 상태가 좋지 않은 환자들을 그곳에 우선 머물게 하여 치료를 베풀었다.

사람들은 계속 모여들었다.

더욱 많은 잠자리와 식량과 생필품이 필요해졌다.

시슬란은 패물을 팔아 마련한 자금을 본격적으로 사용하기 시작했다.

대량의 식료품과 건설 자재를 사들였다. 고용된 인부들이 빈민가의 움막을 철거하였다. 새로운 건물들이 속속 들어서기 시작했다. 새로 도착하는 환자들의 보금자리가 생겨났다.

그때쯤부터였다.

소문을 들은 유민들이 모여들었다.

집과 터전을 잃고 처량하게 떠돌던 이들이었다.

시슬란은 그들을 받아 주었다.

감격한 유민들이 소매를 걷고 나섰다.

더 이상 인부를 고용할 필요가 없어졌다. 자신들의 터전을 마련해 준다는 소식에 유민들이 적극적으로 나섰다.

건물이 들어서는 속도가 이전과는 아예 달라졌다. 빈민가 구석에서 시작된 캠프는 이제 빈민가를 절반 이상 차지하게 되었다. 그러고도 확장을 멈추지 않았다.

환자의 숫자가 갑자기 확 불어났다.

시슬란으로서도 감당이 안 되는 숫자였다.

그래도 그는 치료를 마다치 않았다. 그만큼 그의 안색도 날이 갈수록 창백해졌다.

치료 마법은 만능이 아니며, 공짜는 더더욱 아니다.

환자의 체력이 요구되는 만큼 시술자도 체력을 소모한다.

게다가 시슬란은 정상적인 마법이 아닌, 마나를 조절하는 능력으로 마법을 흉내 내어 치료하고 있는 처지였다. 그만큼 원래의 마법보다는 효율이 떨어지고 힘이 많이 들 수밖에 없었다.

날이 갈수록 시슬란도 지쳐 갔다.

마침내는 어떤 환자를 치료하다가 코피가 흘러나오는 지경에까지 이르렀다.

"이런……."

서둘러 코피를 막았지만 피가 멈출 생각을 하지 않았다.

날이 저물고 자정이 되었어도 코피는 여전히 멎지 않았다. 현기증과 함께 온몸에 고열이 펄펄 끓었다. 그럼에도 티를 내지 않고 환자를 치료하던 그가 마침내 쓰러지고 말았다.

"시슬란 님? 시슬란 님!"

유민들이 황급히 시슬란을 자리에 눕혔다.

다음 날 아침이 밝았지만 시슬란은 의식을 찾지 못했다. 하루가 지나고 다시 밤이 깊어도 그는 여전히 깨어나지 않았다.

고아들의 맏언니 에이미는 그때까지 줄곧 시슬란의 곁에서 그를 간호했다.

"에이미, 이러다가 너도 몸 상할 테니 다른 사람에게 맡기고 좀 쉬거라."

사람들이 말려도 에이미는 요지부동이었다. 식사도, 잠도 시슬란 옆에서 취했다. 한시도 쉬지 않고 물수건으로 시슬란의 열을 식혔다.

그런 정성 덕분이었을 것이다.

닷새째 되는 날, 시슬란은 간신히 깨어났다.

그는 자신의 잘못을 절감했다. 자신의 상태가 악화되는 것을 무시하고 지나치게 무리를 한 것이다.

'방법을 바꿀 필요가 있어.'

그렇다고 다른 치료사를 더 고용할 수도 없는 노릇이었다.

모후의 유품을 팔아 자금을 마련했긴 했지만 치료사를 고용하는 비용은 엄청나게 비쌌다. 귀족들도 큰 상처가 아니면 찾지 않는 게 전문 치료 마법사들이었다.

하물며 이곳엔 치료의 손길을 기다리는 사람만 수십이 넘어간다. 그들 모두를 치료하기 위해 치료사를 고용했다간 돈이 남아나지 않을 것이다.

결국, 시슬란 혼자서 감당해야 할 일이었다.

'그럼 방법은 치료 마법의 효율을 높이는 것밖에 없다는 말인데…….'

말은 쉬워도 실행은 절대로 쉬운 일이 아니었다.

그래도 하는 데까진 해봐야 했다.

그날 하루만 푹 휴식을 취한 시슬란은 다시 치료를 하기 시작했다. 대신 이전과는 달리 마나를 움직일 때 더 신경을 썼다. 지나치게 많은 마나가 한꺼번에 움직이지 않도록 조절하는 데에 심혈을 기울였다.

처음에는 잘되지 않았다.

며칠이 지나자 시슬란의 안색이 꺼멓게 죽어 갔다. 또다시 피로가 쌓인 까닭이었다.

그래도 그는 멈추지 않았다.

돌파구가 다른 곳에 있지 않음을 아는 까닭이었다.

같은 치료 마법을 행하더라도 움직이는 마나의 양을 줄여서 효율을 높이면 그만큼 그의 체력 소모도 적어진다. 그게 어느 정도 이상 경지에 오르면 피로가 누적되는 일도 없어질 것이다.

그는 이를 악물고 계속해서 사람들을 치료했다.

다시 열흘이 지났다.

그의 안색은 꺼멓다 못해 이제 파란빛까지 돌았다. 가만히 있어도 수전증이 있는 것처럼 손끝이 달달 떨렸다.

그런데 변화는 그때부터 시작되었다.

탈진할 지경이 되자 오히려 정신이 맑아졌다. 그러면서 전에는 그렇게 신경을 써도 잘되지 않던 마나량의 조절이 서서히 자유로워지기 시작했다.

힘을 모두 소모하고 탈력의 단계에 이르자 그의 몸과 정신이 스스로를 보호하기 위해 저절로 요령을 습득한 것이다.

시간이 지나며 요령은 기술로 발전했다.

기술은 그의 몸과 정신에 완전히 깃들어 체화되었다.

그때부터였다.

파랗게 질렸던 그의 안색이 하루하루 시간이 지나면서 다시 정상으로 돌아오기 시작했다. 환자들을 치료하며 소모하는 체력보다 자연적으로 보충되는 체력의 양이 더 많아진 덕분이었다. 그만큼 똑같은 치료를 해도 소모하는 체력이 적어졌다는 뜻이었다.

그때부터 치료 활동이 더없이 편해졌다.

그러는 사이 석 달의 시간이 지났다.

빈민가의 모습은 완벽히 달라졌다.

마침내 유민들과 기존의 빈민들이 모여 새로운 터전을 일구어 낸 것이다.

기존 빈민가의 절반 정도 되는 면적에는 계획적으로 배치된 거주 구역이 자리를 잡았다. 나머지 절반에는 밭이 일구어졌다.

난민 캠프는 서서히 하나의 마을로 자리를 잡아 가기 시작했다.

자연히 그걸 이끌어 낸 시슬란의 이름 또한 유명해졌다.

수도의 복구에 한창이던 위나드 왕국 왕실이 이를 모를 리 없었다.

왕실이 시슬란을 주목했다.

3

"그자가 반란을 일으키려 한다고?"

"틀림없습니다."

한밤에 국왕을 찾아간 수도 치안장관 타이드 백작이 단호한 표정으로 말했다.

"시슬란이라는 자는 거대 골렘의 재난이 터지기 직전에 지명수배를 받기도 했던 인물입니다. 재난과 연관이 있을 가능성도 있습니다. 게다가 재난 직후에 그는 경매장에서 엄청난 고가의 패물을 팔아 자금을 마련했다고 합니다. 그 자금으로 주변에 사람을 모으고 있습니다. 그렇게 모인 유민들은 이미 그에게 절대적인 충성을 바치고 있다는 소문입니다. 언제 그의 사병으로 돌변할지 알 수 없지 않겠습니까?"

"흐음……."

국왕이 미간을 찡그렸다.

국왕이 흔들리는 것을 확신한 타이드가 쐐기를 박았다.

"미심쩍으시다면 시험을 해 보십시오."

"시험이라?"

"그렇습니다. 난민 캠프의 통제권을 왕실에 반환하라고 요구하십시오."

타이드의 말이 이어졌다.

"지금은 비상시국입니다. 더 빠른 복구를 위한다는 명목으로 캠프의 재산권과 통제권을 왕실로 환수하겠다고 통보하십시오. 만일 그자가 다른 뜻을 품고 있다면 국왕 폐하의 명령을 거부할 것입니다."

"그대의 말에도 일리가 있군. 경들은 어찌 생각하는가?"

국왕이 다른 신하들의 의견을 물었다.

신하들의 표정은 별로 좋지 못했다. 그들이 보기에 타이드의 의견은 일리가 있긴 하지만 무리도 많았다. 그들은 입을 모아 타이드의 의견에 반대를 표하려 했다.

그때였다.

타이드의 눈빛이 변했다.

돌연 사이하고도 기괴한 빛이 그의 눈동자에서 일렁거렸

다.

타이드가 말했다.

"여길 보라."

그의 한마디에 국왕과 신하들이 홀린 듯 그의 눈을 마주 보았다. 국왕과 신하들의 표정이 멍하게 바뀌었다.

하지만 그 시간은 지극히 짧았다.

자리에 있는 누구도 자신들에게 일어난 변화를 자각하지 못하였다.

신하들이 고개를 숙였다.

그들이 입을 모아 말했다.

"타이드 경의 말이 옳은 것 같습니다."

"흐음, 과연."

국왕이 자리에서 일어났다.

물론 국왕도 스스로의 변화를 자각하지 못했다.

"난민 캠프에 전령을 보내도록 하여라."

뒤에서 지켜보던 타이드 백작의 눈이 음침하게 빛났다.

'사야나, 네년이 실패한 일을 내가 어떻게 성공하는지 지옥에서 똑똑히 지켜보거라. 후후후!'

*　　*　　*

같은 시각, 시슬란은 난민 캠프에 있지 않았다.

그는 다시 경매장에 가 있었다.

세 번째로 모후의 유품을 팔러 온 것이다.

수군수군.

그는 윈덤에서 이미 유명 인사였다. 난민 캠프를 건설한 것은 물론이고, 앞서 두 번의 경매에서 국보급의 보물들을 내놓은 것 또한 사람들의 관심을 끌었다.

그런 그가 또다시 경매장에 나타났다.

자연 그에게 이목이 집중될 수밖에 없었다.

이번엔 그가 어떤 물건을 내놓을 것인가를 두고 사람들이 제각기 추측을 나누었다.

역시나 시슬란은 그들의 기대를 저버리지 않았다. 이번에 그가 출품한 물건은 모후의 머리 장식 비녀였다. 비녀라는 물건 자체가 솔라리스에서는 생소한 데다 극상의 예술품이나 다름없는 물건이라 희소가치가 있었다.

경매가가 끝없이 치솟았다.

같은 시각, 난민 캠프에서도 불길이 치솟았다.

4

"말도 안 되는 일입니다."

올해 마흔세 살인 사뮤엘은 젊었을 적엔 모험가로 활동하였다. 그러다 사고로 허리를 심하게 다친 뒤로는 위나드 왕국의 수도 윈덤에서 빵집을 차렸다. 그가 만든 빵은 맛있었고, 거기에 훈훈한 인심마저 얹어져 그에 대한 주위의 평판이 무척 좋았다.

사실 난민 캠프에 늙은 어머니를 업고 처음 찾아온 사람이 그였다. 시슬란도 그의 됨됨이를 알아보았다. 덕분에 지금은 난민 캠프의 운영을 그가 도맡은 상태였다. 시슬란의 안목 그대로 그는 훌륭하고 성실한 운영자로 성장하고 있었다.

그런 그에게 위나드 왕실의 전령이 찾아왔다.

그들의 요구는 말도 안 되는 것이었다.

"이곳의 모든 권한과 재산을 왕실에 바치라는 말입니까? 대체 어떻게 그런……!"

"국왕 폐하의 명을 어길 셈이냐?"

"……그럼 이곳의 사람들은 어떻게 되는 겁니까?"

"왕실은 자비롭다. 조금 기다리면 왕실에서 따로 거처를 마련해 줄 것이다."

"그때까지는 다시 길바닥을 전전해야 하는 것 아닙니까?"

"……."

전령은 침묵했다.

긍정의 침묵이었다.

사뮤엘이 이를 갈았다.

"이곳을 만들기 위해 저희가 흘린 피땀은 뭐가 되는 겁니까?"

"그대들 노력의 결과물이 왕실과 국가의 발전에 도움이 된다는 사실을 영광으로 여겨라. 그러면 될 것이다."

전령은 앵무새처럼 그 말만 지껄였다.

게다가 그는 지금 당장 결정을 내릴 것을 촉구했다. 국왕의 뜻을 받드는 데 생각할 시간이 필요하다는 것 자체가 이미 반역이라는 말을 덧붙이며.

"……잠시만, 잠시만 기다려 주십시오. 이건 캠프의 건설자인 시슬란 님의 결정이 필요합니다."

사뮤엘은 다급히 시슬란의 거처를 찾아갔다.

하지만 시슬란은 없었다.

캠프에 필요한 자금을 충당하기 위해 경매장에 간 것이었다.

"이런……."

눈앞이 깜깜해졌다.

시슬란이 일찍 돌아온다 해도 아침이 밝을 무렵일 것이

다.

그땐 너무 늦는다.

사뮤엘은 캠프의 청년 하나를 불러 급히 경매장으로 소식을 보냈다. 그리고 국왕의 전령에게로 돌아가 시슬란이 자리를 비운 상태이니 조금만 기다려 줄 수 없냐고 물었다.

하지만 돌아온 것은 비웃음뿐이었다.

"그게 네놈들의 뜻이로군. 잘 알았다."

전령은 차가운 표정으로 캠프를 나섰다.

그리고 불과 20분 뒤, 국왕의 친위부대 로열가드가 난민 캠프를 포위하였다.

"대체 이게 무슨……!"

국왕은 아예 처음부터 이곳을 밀어 버리기로 작정하고 있었던 것이다. 전령을 보낸 것도 그저 생색을 내기 위한 절차에 불과했을 거란 생각이 들었다.

하지만 하소연할 곳 따윈 애초에 없었다.

사뮤엘과 유민들은 한 가닥 희망을 걸고 부랴부랴 백기를 내걸었다.

하지만 돌아오는 국왕의 대답은 단호했다.

부우우우우……!

낮고 우렁찬 호른 소리에 맞추어 로열가드 궁수들이 일렬로 나섰다. 그들의 화살 끝엔 불꽃이 넘실거리고 있었다.

피피피핑!

백여 발의 불화살이 캠프 곳곳에 떨어졌다. 캠프의 건물은 전부 목재로 만들어져 있었다. 화살에서 번진 불길이 지붕을 타고 넘실거리기 시작했다.

캠프의 유민들이 놀라 허겁지겁 불을 껐다.

그러다가 몇몇이 화살에 맞아 쓰러졌다.

불길이 번지는 속도는 너무 빨랐다.

"아아……. 집이……, 집들이……!"

그동안 정성껏 지은 새집이 날름거리는 불길에 휘감겨 갔다. 유민들이 울부짖었다. 불을 끄려고 발악하다가 오히려 불길에 갇혀 타 죽는 자들이 속출했다.

"살려 주세요! 제발 살려 주세요!"

몇몇 유민들이 로열가드에게 달려가 바짓가랑이를 붙잡고 목숨을 구걸했다.

하지만 그것은 어리석은 행동이었다.

로열가드는 국왕에 의한, 국왕만을 위한 친위부대였다. 그들은 국왕의 명령이라면 혈육도 벨 수 있는 자들이었다. 일간에는 그들이 세뇌를 당했다는 소문마저 돌 정도였다.

그런 그들이 오늘 받은 명령은 단 하나였다.

캠프의 사람을 모두 죽이고 물자는 모두 빼앗을 것.

로열가드들은 무심한 얼굴로 칼을 쳐들었다. 목숨을 구

걸하던 유민들은 목이 잘려 창대 끝에 꽂혔다.

부우우우……!

두 번째 호른이 울렸다.

척척척!

로열가드 보병들이 본격적으로 진군하기 시작했다.

대열을 맞추어 전진하는 그들은 앞을 막아서는 유민들을 차례차례 베어 넘겼다. 난민 캠프는 순식간에 아비규환이 되었다.

그제야 유민들은 깨달았다.

로열가드가 애초에 자신들을 살려 줄 생각이 없었다는 것을. 사람은 모조리 죽이고 물자만 빼앗을 심산이라는 것을. 불화살이 창고에는 전혀 날아가지 않고 거주 지역에만 쏘아진 것이 가장 확실한 증거였다.

"도망쳐! 잡히지 마!"

절뚝거리며 도망가려던 사뮤엘도 화살에 맞아 신음했다. 사람들이 통곡하며 이리저리 흩어졌다. 하지만 도망치는 것도 불가능했다. 이미 캠프 주변은 완전히 포위되어 있었다. 목책 밖으로 도망치려던 자들도 모조리 몰살당했다.

결국 살아남은 사람들은 창고가 있는 난민 캠프의 중심지로 도망칠 수밖에 없었다.

로열가드 병사들이 그 틈으로 난입했다.

학살.

흐르는 피와 날리는 불꽃.

처절히 흩어지는 비명만이 사방에 가득하였다.

유민들은 살아남기 위해 농기구를 들고 결사적으로 저항하였다. 하지만 상대는 중무장한 로열가드였다. 사뮤엘과 살아남은 유민들은 마침내 로열가드에게 완전히 포위되고 말았다.

"왜! 대체 왜 이러는 거냐고!"

"살려 주시오! 제발 좀 살려 주시오!"

유민들이 악을 쓰며 울부짖었다.

사뮤엘도 피를 토하는 심정으로 입술을 깨물었다.

'우리가 대체 무얼 잘못했다고…….'

억울했다.

고단하게 살아온 것만도 힘겨웠다. 예기치 못한 재난에 터전을 잃은 뒤로는 하루를 살아가는 것 자체가 험난한 매일이었다.

그러다 겨우 살 터전을 다시 일구었다.

이제 좀 웃고 사나 싶었다.

그런데 현실은 잔혹했다. 아무런 이유도 모르고, 잘못도 없이 이렇게 비참하게 죽도록 내버려 두는 하늘이 원망스러울 따름이었다.

사뮤엘도, 유민들도 억울함에 목 놓아 울었다.

그럼에도 로열가드 병사들은 한 치도 흔들리지 않았다.

감정 없는 인형처럼, 그들은 오로지 명령만을 받들어 창칼을 앞세우고 포위망을 좁혀 왔다.

이렇게 죽는 거구나, 싶은 생각이 들었다.

유민들의 얼굴에 체념의 빛이 떠올랐다.

다리에 힘이 풀렸다.

그때였다.

"멈춰라."

냉랭하지만 힘 있는 음성 한 줄기가 장내에 조용히 울려 퍼졌다.

9장.

그림자라는 이름의 폭력

1

덜컥!

그 목소리를 듣는 순간이었다.

거침없이 전진하던 로열가드 병사들의 걸음이 동시에 딱 멈추었다.

누가 시킨 일도 아니었다.

스스로 멈춘 것도 아니었다.

"으으으……?"

그들 자신도 알 수가 없었다.

멈추어라, 라는 한마디를 듣는 순간 그들의 이성보다 본능이 몸을 지배했다.

그것은 생존 본능이었다.

본능이 외쳤다. 멈추지 않으면 죽는다고.

영문도 모른 채 식은땀이 투구 아래로 흘러내렸다.

그때였다.

저벅저벅…….

나직한 발소리가 서서히 이쪽을 향해 다가왔다.

크지도 않은 그 소리가 로열가드 병사들의 귓가에는 천둥보다도 더 크게 느껴졌다.

그리고 어둠과 일렁이는 불길에 잠식당한 장내에 한 사람이 모습을 나타냈다.

그는 바로 시슬란이었다.

*　　*　　*

"……."

시슬란은 냉랭한 눈길로 장내를 쓸어 보았다.

이미 캠프는 엉망이었다.

거주 구역 삼분의 일 정도가 화마에 휩쓸렸고, 생존자는 절반도 되지 않았다.

'하필…….'

로열가드는 자신이 자리를 비운 사이에 기습적으로 일을

벌였다. 사뮤엘이 보낸 청년에게 소식을 듣고 부랴부랴 달려왔지만 너무 늦었다.

곳곳에 널린 시체.

죽은 이들은 억울하여 눈을 감지도 못한 이들이 태반이었다.

그들 모두가 시슬란이 잘 아는 얼굴들이었다.

오늘까지만 해도 환하게 아침 인사를 나누고, 치료에 고맙다며 눈물을 글썽이고, 함께 식사하며 하품도 하고, 새로운 집이 캠프에 지어질 때마다 함께 흘린 땀을 닦으며 서로 격려했던 사람들이었다.

그리고 살아남은 사람들.

그들의 몰골도 엉망이었다. 화살에 맞은 팔뚝을 부여잡고 신음하는 사뮤엘의 모습이 보였다. 차라리 그는 양호한 편이었다. 그보다 훨씬 심하게 다친 자들이 부지기수였다.

붉은 기운이 서리기 시작한 시슬란의 눈길이 난민 캠프 옆 언덕 위쪽으로 향했다. 그곳에는 국왕과 대신들이 모여 있었다.

"그대가 국왕인가?"

그의 목소리는 나직했지만 언덕 위까지 똑똑히 들렸다.

국왕의 어깨가 움찔했다.

시슬란의 말이 이어졌다.

"로열가드를 처단한 뒤에 그대의 잘못을 묻겠다."

그 말이 끝나는 순간이었다.

샤아아아아……!

시슬란을 중심으로 너울거리는 그림자가 불길한 환영처럼 피어올랐다.

"우, 우우웃……!"

더욱 강해진 위압감에 로열가드 전원이 얼굴을 일그러뜨렸다.

총원 600명의 정예.

100명의 기사를 중심으로 100랜스(Lance)가 모여 이룬 배너(Banner) 단위의 정예 전투부대가 단 일개인의 위압감에 사로잡힌 것이다.

게다가 이들 로열가드는 그저 평범한 배너가 아니었다.

이들을 구성하는 기사(Knight)는 물론이고 그들의 견습 기사(Squire), 종자(Custrel), 보병(Foot Man), 궁수(Archer)까지 로열가드 구성원들의 질은 보통 영주들이 지니는 병력과 비교할 바가 아니었다.

그야말로 정예 중의 최정예.

충성심 또한 지극히 강하였다.

그런 이들에게 있어 국왕의 명령은 절대적이었다.

바로 지금처럼.

"뭐, 뭣들 하느냐! 저 무도한 놈을 처치하지 않고!"

국왕이 발작하듯 외쳤다.

물러나려던 로열가드의 기세가 변했다.

로열가드의 지휘관인 배너렛 기사(Knight Banneret)가 손수 검을 뽑았다.

"폐하의 명이 떨어졌다! 돌격! 돌격하라!"

로열가드가 진형을 갖추어 돌격했다.

두꺼운 방패의 벽이 순식간에 다가왔다.

국왕의 군대, 최정예다운 엄청난 압박이었다.

그래서 시슬란은 더욱 분노했다.

이 정도의 정예인 자들이, 단지 명령이라는 이유 하나로 죄 없는 양민들을 학살하였다. 그런 이들이 정예라 불리고 칭송받는 이 세상의 꼴이 우스웠다.

휘리릭!

어느새 시슬란의 손에 장미의 맹약이 들렸다.

주변의 마나가 휘몰아치더니 맹약의 칼날에 깃들었다.

콰아아아앙—!

폭발 한 번에 선두의 보병들이 방패와 함께 날아갔다.

벽 뒤에서 진군하던 나머지 로열가드의 당황한 얼굴이 드러났다.

그렇게 만들어진 틈으로 시슬란이 뛰어들었다.

콰콰쾅! 퍼석! 콰직!

죽음 위에 죽음이 더해졌다.

어떤 방패로도 그를 막을 수 없었고, 어떤 창칼로도 그를 상처 입힐 수 없었다.

그로부터 정확히 십 분.

로열가드가 전멸당하기까지 딱 그만큼의 시간이 걸렸다.

그걸 보던 언덕 위에선 난리가 났다.

"이, 이게 어찌 된 일인가!"

국왕은 완전히 패닉에 빠져 있었다.

당연했다.

한낱 난민 캠프를 쓸어버리는 데에 무려 로열가드를 동원했다. 닭 잡는 데에 소 잡는 칼을 뽑은 격이었다. 하지만 허락했다. 이번 계획을 건의한 타이드 백작이 그리 주장했기 때문이다. 이상하게도 국왕은 그의 주장을 거절할 수가 없었다. 그 자신도 왜 그런지는 모르겠지만 그냥 그랬다.

그런데 난민 캠프를 쓸어버리기에 너무 과분하다 생각했던 로열가드가 싸그리 전멸당하고 말았다. 그것도 고작 한 사람에게.

국왕이 공황 상태에 빠지는 것도 당연했다.

물론 그를 수행하던 고관대작들도 마찬가지였다.

그들은 죽일 듯한 눈으로 타이드 백작을 노려보았다.

“대체 이걸 어찌 수습할 생각이오!”

“이 일은 전적으로 자네의 실책일세!”

하지만 이상하게도 그들의 질책을 받는 타이드는 흐뭇한 웃음을 짓고 있었다.

“이걸 어찌 수습할 거냐고 했습니까?”

말을 마치자 그의 분위기가 일변했다.

더없이 음울한 기운이 그에게서 넘실거리기 시작했다.

국왕도, 곁을 수행하던 고관대작들도, 기사들도 숨이 턱 막히는 느낌이었다.

가장 먼저 반응한 자들은 국왕의 호위 기사들이었다.

“무슨 짓이오, 백작!”

그들은 검을 뽑으며 국왕의 앞을 방어했다.

타이드의 웃음이 짙어졌다.

“무슨 짓? 이런 짓.”

“뭐?”

콰직!

기사가 반문하는 순간 그의 뒤통수 절반이 날아갔다. 충격을 받은 기사가 빙그르르 돌며 허물어졌다. 그러자 자연 뒤쪽의 광경이 죽어 가던 기사의 시야에 들어왔다.

‘이게 무슨…….’

죽음의 나락에 빠지면서도 기사는 믿을 수가 없었다.

그를 공격한 이는 바로 국왕이었다.

아니, 정확하게 말하자면 한때 국왕이었던 좀비라 불러야 할 것이다.

좀비로 돌변한 것은 국왕뿐만이 아니었다.

“크캭!”

이지를 잃은 고관대작들이 무방비로 있던 기사들의 뒤를 덮쳤다. 완전히 상상 외의 일을 겪은 기사 중의 세 명이 희생당했다. 나머지 다섯 명은 주저하면서도 검을 휘둘렀다. 검에 베인 좀비들이 비틀거렸다.

그때 처음 국왕 좀비에게 죽은 기사가 벌떡 일어나 동료들을 향해 검을 휘둘렀다. 그도 어느새 좀비가 되어 있었다. 남은 다섯 기사도 얼마 못 버티고 죽었다. 그리고 좀비로 다시 부활했다.

타이드가 흡족하게 웃었다.

사실 타이드는 마도사의 수준에 육박하는 강력한 네크로맨서였다.

국왕과 고관대작들은 지난 초거대 골렘의 재난 때 이미 죽었다.

타이드는 그 시체를 확보했고, 평소에는 정체를 드러내지 않는 특별한 좀비로 만들었다. 물론 당하는 국왕 본인도 그동안 자신이 인간이라 철석같이 믿었다.

하지만 실상 국왕과 고관대작들은 모두 그때부터 그의 꼭두각시가 되었다.

그리고 그가 의도한 대로 오늘 같은 상황을 만들었다.

게다가 시슬란의 분전은 그의 기대 이상이었다.

덕분에 난민 캠프에는 좀비를 만들 재료가 넘칠 지경이었다.

타이드가 국왕 좀비를 향해 말을 걸었다.

"어떤가, 국왕. 아직도 로열가드가 아깝나?"

"아……니.다……. 이.제.로.열.가.드.들.도.주.인.님.의.죽.음.의.은.총.을.누.릴.것.이.라.생.각.하.니.가.슴.이.뛴.다."

"시체 주제에 가슴이 뛰기는 개뿔."

그는 언덕 아래로 내려갔다.

국왕과 고관대작, 기사들이 흐느적거리며 그의 뒤를 따랐다. 그 행렬의 맨 앞에 선 타이드는 장난스럽게 손가락을 흔들며 국왕이 행차할 때만 연주되는 웅장한 행진곡을 흥얼거렸다.

"빰빠밤, 빠밤, 빠빠밤밤, 빠밤밤 따라라단딴!"

좀비가 된 국왕이 그의 장단에 맞추어 흐느적거리며 걸었다.

그렇게 도착한 언덕 아래는 완전히 시체 무더기였다.

타이드의 목소리에 힘이 실렸다.

"죽음은 차라리 은총일지니. 나를 낳아 주신 어머니시여, 근원을 주신 아버지시여, 이제부터 나는 죽음에서 새로이 태어나 영원한 삶을 약속받겠나이다."

꿈틀……!

곳곳에 널려 있던 시체들이 꿈틀거리기 시작했다.

타이드는 난민 캠프 외곽에서부터 안으로 들어가며 모든 시체들을 일깨웠다. 대부분이 유민들의 시체였다. 그리고 캠프 안쪽으로 들어가면서 서서히 로열가드 병사들이 합류하기 시작했다.

"빠라바라바, 빠라밤빰빰, 빠밤빰!"

타이드의 흥얼거림이 계속되었다.

좀비들이 행진했다.

그곳에는 겁에 질린 유민들을 다독거리고 있던 시슬란이 서 있었다.

"호오, 로열가드를 단독으로 쓸어버리고도 전혀 지친 기색이 없군. 어째서 사야나가 힘도 못 쓰고 죽었는지 이제야 알겠는걸."

타이드는 여유만만하였다.

"하지만 그런다고 해서 내 군단을 어찌할 수는 없겠지. 더욱이 지금처럼 지킬 인간들이 무수한 상황에서는 더더욱! 네놈의 마나 크리스털은 내가 마스터에게 바치겠다."

시슬란은 대답 대신 숨을 골랐다.

동시에 좀비 군단이 그를 향해 달려들었다.

크와악!

죽음의 군대가 파도처럼 몰아쳤다. 그들의 공격 대상은 시슬란 한 사람만이 아니었다. 놈들은 게걸스러운 기세로 남은 유민 모두를 덮쳐 갔다.

그런 좀비들의 숫자는 죽은 유민들과 로열가드를 합쳐 거의 이천에 육박했다.

앞뒤 안 가리고 달려드는 이천의 좀비 군단!

시슬란은 사뮤엘에게 모두를 데리고 피신하도록 명령했다. 그리고 자신은 캠프에 남아 모두가 피할 시간을 벌었다.

그러나 좀비 군단의 저력은 시슬란이 생각한 이상이었다. 그냥 부수는 정도가 아니라 온몸을 으깨 버려도 스스로 몸을 복구시켜 흐느적흐느적 일어나는 까닭이었다. 그래서 죽여도, 죽여도 놈들의 숫자는 줄지 않았다.

"감히 좀비 군단을 부리는 네크로맨서에게 정면으로 대항하려 하다니, 어리석은 놈."

계속해서 좀비들을 되살리며 타이드가 시슬란을 비웃었다.

"마무리를 해야겠군."

그가 흡족한 표정으로 허공에 수인을 그렸다.

검은 마법진이 떠오르며 안쪽에서 강력한 죽음의 기운과 함께 한 사람이 밖으로 뛰쳐나왔다.

좀비가 된 사야나였다.

"후후후……. 사야나, 내 앞에서 잘난 척만 하더니 잘도 이런 꼴이 되었구나."

사실 그는 사야나가 시슬란에게 죽는 모습을 모조리 지켜보고 있었다.

그러나 일부러 돕지 않았다.

둘은 마스터에게 함께 명령을 받긴 했지만 경쟁 관계였다. 도울 이유가 없었다. 그녀가 죽도록 방관하고 혼자 임무에 성공하면 마스터들의 환심을 독차지할 수 있었다.

게다가 그토록 오만하던 그녀를 이렇게 좀비로 만들어 소유하게 되었지 않은가.

타이드가 좀비 사야나의 머리를 쓰다듬었다.

"가라, 사야나. 복수를 해야지?"

"나…… 날.죽.인.놈……."

시슬란을 본 사야나의 눈빛이 달라졌다.

피핏!

그녀의 몸이 꿈틀거리는가 싶더니 순식간에 사라졌다.

어느새 그녀는 시슬란의 뒤에서 나타나 단검을 찔러 넣고 있었다.

시슬란은 그걸 피했다.

파파파팍!

엄청난 빠르기의 향연이었다.

공격하는 좀비 사야나도, 피해 내는 시슬란도 완전히 신들린 듯한 움직임을 보여 주었다.

주위의 좀비들이 사야나를 보조했다. 점점 공간을 압박하여 시슬란이 운신할 폭을 좁게 만들었다.

좀비 사야나 또한 공세에 더욱 박차를 가했다.

가속!

촤촤촤촤악!

둘의 움직임이 더욱 빨라졌다.

하지만 시간이 지나면서 시슬란이 빠져나갈 수 없는 궁지에 몰리는 것이 확연히 보였다.

타이드는 거기서 고삐를 늦추지 않았다.

"후후후……. 루나리언, 네놈은 절대로 모를 거다. 네놈의 손에 로열가드가 몰살당하도록 방관한 게 무엇을 위해서였는지를……."

휘오오오…….

그의 말이 이어지며 좀비들의 몸에서 회색빛 기류가 피

어오르기 시작했다.

그들의 영혼이었다.

영혼들은 울부짖고 있었다.

죽기 싫었다고, 죽고 나서도 이렇게 좀비로 이용당하기는 싫다며 절규하고 있었다. 그중에는 난민 캠프의 유민들도 있었고, 로열가드도 있었다. 국왕과 대신들, 그리고 사야나의 영혼도 있었다.

영혼들의 기류는 타이드의 속박을 벗어나지 못했다.

동시에 타이드의 몸에서도 음울한 기운이 피어올랐다.

그의 몸에 갇혀 있던 수천의 영혼들이었다.

방금 죽은 이들의 영혼과 타이드의 몸에서 흘러나온 영혼들이 한데 섞여 거대한 회오리가 되었다. 회오리의 중심에 선 타이드의 머리칼이 거꾸로 서서 미친 듯이 흔들렸다.

"크흐하하하하하! 루나리언, 네놈 덕분에 내가 비로소 오랜 숙원을 이룰 수 있게 되었구나. 지금껏 모아 오던 것과 합쳐 네놈 덕분에 드디어 만 명의 영혼을 종속시킬 수 있게 되었다. 네놈에게 감사하마. 후후후……. 일만의 죽음이여, 일만의 영혼이여! 그대들에게 생사를 초월한 영원한 주종의 계약으로 명한다. 데스나이트 강신!"

그가 손을 치켜들자 주변을 맴돌던 만 명의 영혼들이 모조리 그의 몸속으로 빨려 들어갔다. 동시에 타이드의 눈동자가 음울한 회색빛으로 물들어 갔다.

타이드의 몸이 거대해졌다.

"후욱! 후우우욱……!"

회색 기류가 그의 몸을 둘러싸며 갑옷이 되었다. 방패가 되었다. 사람의 키보다 큰 철퇴가 되었다. 코끼리의 덩치에 육박하는 전마(戰馬)가 되었다.

잠시 후, 타이드는 신장 4미터의 죽음의 기사, 데스나이트로 변해 버렸다.

타이드가 좀비들의 행렬에 가세했다.

후우우웅!

아래에서부터 올려친 철퇴가 시슬란을 덮쳐 갔다.

시슬란은 그림자를 일으켜 막았다.

"……!"

콰아아아아앙—!

그림자를 일으켜 막았지만 시슬란의 몸은 10미터나 튕겨 날아갔다. 예상을 훌쩍 뛰어넘는 엄청난 위력이었다.

게다가 충격은 물리적인 것으로만 끝나지 않았다. 타이드의 공격을 막는 순간 진한 죽음의 기운이 상반신 전체에 침투했다. 시슬란의 얼굴에서 순식간에 핏기가 사라졌다.

"후후후……. 크으핫하하하! 그래, 바로 이거야!"

힘에 취한 타이드가 광소하며 돌진했다.

히히힝! 푸르르륵!

영혼들이 뭉쳐서 만들어진 죽음의 전마, 팬텀스티드가 여섯 발굽으로 땅을 박찼다. 커다란 덩치에 어울리지 않는 엄청난 가속력이었다.

아직 충격을 다 떨치지 못해 반쯤 일어났던 시슬란은 재빨리 몸을 피해야 했다.

콰아아앙—!

철퇴가 내려친 자리에 구덩이가 생겼다.

돌조각과 파편이 시슬란의 온몸을 때렸다.

타이드는 공격의 고삐를 늦추지 않았다.

콰앙! 콰아앙!

만 명의 영혼을 합쳐 데스나이트로 변신한 타이드는 그야말로 폭력과 힘의 결정체였다.

그가 휘두르는 거대한 철퇴가 난민 캠프의 남은 모든 시설을 파괴했다. 그것도 모자라 아예 주변의 지형을 바꾸어 버렸다. 언덕이 평평해졌다. 평평하던 자리엔 흙산이 생겼다.

그동안 시슬란은 한 번도 반격을 못했다.

그렇지 않아도 강력해진 타이드의 위용에 더불어 좀비 군단이 운신의 폭을 좁게 만드니 그야말로 곤란함이 느껴졌다.

"크하하하! 네놈도 죽어서 내 종이 되어라!"

힘에 취한 타이드가 미친 듯이 시슬란을 몰아붙였다.

그렇기에 타이드는 몰랐다.

상황이 험난해지는 것과 반대로 시슬란의 눈빛이 안정을 찾아가고 있다는 사실을…….

2

'조금만 더.'

사실 시슬란은 크게 당황하거나 하진 않고 있었다.

끝없이 부활하는 좀비 군단이 성가시고, 그사이에 빈틈을 노려 기습을 가하는 사야나의 존재도 귀찮았다. 무엇보다 데스나이트로 변한 타이드의 위력이 생각보다 강력하긴 했다.

하지만 그 정도로는 시슬란을 흔들 수 없었다.

예상보다 강한 위력이라 해도 이 정도는 그에게 전혀 위협이 되지 못하기 때문이다.

그런데도 그가 반격하지 않고 수세를 자처하는 이유는 단 하나였다.

그는 유민들이 피난을 마치길 기다리고 있었다. 노약자

가 많고 다친 사람들이 섞여 있어 그들의 이동은 끔찍할 정도로 느렸다.

하지만 마침내, 시슬란이 타이드와 좀비 군단을 상대하는 사이에 유민들이 피난을 마쳤다.

그 순간부터 시슬란의 기세가 완전히 바뀌었다.

샤아아아……!

그의 눈에 한없이 차가운 빛이 서렸다.

쏟아지는 달빛, 그의 발아래 드리운 그림자가 한없이 확장되었다. 좀비들의 그림자도, 사야나의 그림자도, 타이드의 그림자도 모두 그의 그림자에 융합되었다. 마침내 캠프 내의 달빛이 닿는 모든 곳의 그림자가 그에게 종속되었다.

하지만 좀비들도, 사야나도, 타이드도 그 사실을 까맣게 모르고 있었다. 오히려 그들은 동작을 멈춘 시슬란을 덮쳐가기만 바빴다.

"크하하하! 네놈도 드디어 지쳤구나!"

기회라고 생각한 타이드가 전력을 다해 철퇴를 휘둘렀다.

하지만 그 직후.

'어?'

타이드는 뭔가 잘못되었음을 깨달았다.

철퇴가 쇄도하고 있음에도 시슬란이 전혀 반응조차 보이

지 않고 있었던 것이다.

피할 기색도, 움츠리는 기색도 없이 그저 담담하게 자신을 쳐다보는 서늘하기 짝이 없는 주홍색 눈동자가.

오싹!

본능적인 위험이 뇌리를 때렸다.

황급히 철퇴를 거두려 했다.

그러나 이미 때는 늦어 있었다.

샤아아아…… 후우욱!

타이드는 자신의 눈을 의심해야 했다.

캠프 내의 모든 공간이 그림자에 휘말려 으스러졌다.

……!

소리도 없었다.

아니, 공간을 송두리째 찢어발기는 엄청난 충격이 소리마저 잡아먹었다. 시야가 뒤틀렸다. 의식이 비명을 질렀다. 하지만 그 자신의 비명마저도 들을 수 없었다.

후드득 쏟아지는 시린 달빛 아래 모든 공간이 침묵했다.

그 속에 서 있는 사람은 단 한 명.

시슬란뿐이었다.

"……."

그는 여전히 냉랭한 눈길로 캠프를 쓸어 보았다.

보이지 않는 공간의 마수가 난동을 부리기라도 한 것일

까.

그의 그림자에 종속되었던 모든 공간이 찢어발겨지며 모든 물질이 으스러졌다. 캠프의 건물도, 나무도, 바위도……. 덕분에 캠프는 아예 평평한 평지로 변해 버렸다.

그곳에 우글거리던 좀비들은 아예 가루도 남지 못했다.

좀비가 되어 날뛰던 사야나도 마찬가지였다.

그나마 살아남은 건 고작 타이드 한 명에 불과했다.

그러나 그의 모습도 온전하지 못했다.

"크…… 크허어어…… 크우우……!"

타고 있던 죽음의 말은 흔적도 없이 날아갔다. 두 다리도 무릎 아래가 사라져 있었고, 철퇴를 든 쪽 팔도 어깨부터 박살 나 너덜너덜해져 있었다.

"크, 크억……. 대체 어찌 이런……."

타이드는 믿을 수 없었다.

자신이 무적이라 생각했다. 그럴 수밖에 없었다. 만 명의 영혼을 종속시킨 데스나이트의 위력은 그가 아는 마스터들도 장난으로는 상대하지 못할 거라고, 그렇게 확실할 수 있을 정도였다.

그런데 이토록 허무하게…….

충격과 혼란에 빠져 허우적거리던 타이드는 자신을 향해 다가오는 걸음에 정신을 차려야 했다.

저벅……저벅…….

등 뒤로 달빛을 받으며 이쪽을 향해 다가오는 실루엣.

타이드는 저도 모르게 마른침을 삼켰다.

어찌할 수도 없이 아래턱이 덜덜 떨려 왔다.

"그대여, 많이 다쳤는가?"

다쳤느냐고 물어보는 목소리에 어찌 저다지도 한 줌의 온기조차 없을 수 있을까. 오싹 소름이 끼치는 순간, 타이드는 침을 튀기며 시슬란에게 달려들었다.

"혼자 죽진 않을 거다아악!"

아직 데스나이트 상태가 풀리진 않았다. 끔찍할 정도로 다치긴 했지만 아직 만 명의 영혼은 여전히 그에게 종속되어 있었다. 남은 한쪽 팔로도 아직 싸울 수 있었다. 조금 버티며 시간만 끌면, 만 명의 영혼의 힘이 손상된 육체를 복구해 주리라 그는 굳게 믿었다.

하지만 그 계획이 그저 희망 사항에 불과함을 곧 깨달아야 했다.

"환자는 조용히."

시슬란이 한 손으로 정수리를 짚는 순간이었다.

그에게 달려들려던 타이드는 온몸의 힘이 쑥 빠져나가는 무력감을 느껴야 했다.

'왜……?'

당황한 가운데서도 필사적으로 머리를 굴렸다.

그리고 곧 이유를 알아냈다.

모골이 송연해졌다.

자신의 정수리를 짚은 시슬란의 손에 맺힌 기운, 그 기운의 정체를 깨달은 까닭이었다.

'회, 회복…… 마법……?'

그 직후, 시슬란의 손을 통해 그의 정수리로 회복 마법이 쏟아져 들어오기 시작했다.

"그대의 다친 곳을 치료해 주지."

"캬, 캬아아악……?"

쩌적!

정수리로부터 타이드의 머리가 세로로 쪼개졌다. 그리고 갈라진 부위로 회색빛 음울한 기운의 물결이 줄줄이 쏟아져 나왔다.

그에게 종속되어 있던 영혼들이었다.

"아, 안 돼! 크아아아!"

타이드가 허우적거려도 소용없었다. 정수리를 붙잡은 시슬란의 손은 절대로 떨어지지 않았다. 오히려 더욱 많은 회복 마법을 그에게 쏟아 부었다. 그럴수록 타이드의 온몸이 찢어지고 갈라졌다. 그 틈으로 영혼들이 줄줄이 피처럼 쏟아져 나왔다.

"제발 그만! 그마아안!"

타이드가 울며 애걸했다.

타이드의 힘의 근원은 만 명의 영혼이었다. 그렇기에 회복 마법은 그들을 자연의 섭리대로 죽은 생명으로 간주했다.

살 생명은 살린다.

죽을 생명은 죽인다.

그 법칙이 적용되자 억지로 타이드에게 붙들려 있던 영혼들이 자신의 상태를 자각하였다. 그들은 죽어 있었다. 그러니 섭리에 따라 죽음으로 돌아가야 한다. 그러자 영혼들이 자발적으로 타이드의 종속에서 풀려나기 시작했다.

갈라진 틈으로 영혼들이 우르르 빠져나왔다.

"크, 크아아아악!"

타이드가 필사적으로 상처를 복구시켰다.

하지만 회복 마법이 계속 그에게 쏟아졌다.

"크흐, 흐으악!"

복구되는 상처보다 새로 생기는 상처가 더 많아졌다.

빠져나오는 영혼도 많아졌다.

동시에 타이드의 덩치가 줄어들기 시작했다.

"아, 안 돼……! 그, 그만!"

4미터에서 3미터…… 2미터…… 마침내는 원래의 크기

까지 줄어들었다.

그의 몸에서 빠져나오는 영혼들도 서서히 줄어들었다.

마침내 마지막 영혼이 빠져나왔다.

종속시켰던 만 명의 영혼을 모두 잃은 것이다.

"허…… 허큭……!"

그가 평범한 인간으로 전락해 허우적거리자 오히려 시슬란은 회복 마법을 멈추었다. 부서진 타이드의 사지에서 피가 왈칵 흘러나왔다.

"사, 살려 줘……. 회복 마법을…… 제발……."

그러나 시슬란의 대답은 간단했다.

"그런 부탁은 내가 아닌 저들에게 해야 할 것이다."

그 말만 남긴 시슬란이 몸을 돌려 황무지가 되어 버린 캠프를 가로질렀다.

걸어가는 그의 뒤편에서 타이드의 비명이 들려왔다.

"잠깐! 잠깐만! 네놈들! 감히 내게! 아아아! 아아아악!"

원한으로 가득 찬 만 명의 영혼이 그를 산 채로 잡아먹는 소리였다.

비명은 한참을 더 이어지다가 마침내 잦아들었다.

그제야 폐허가 된 캠프에 적막감이 찾아왔다.

시슬란은 시선을 돌렸다.

두려움에 떨다가 모습을 드러내는 유민들이 하나둘 보였

다. 그들은 이웃과 가족의 죽음에 울고 있었고, 갑자기 들이닥친 참극에 온몸을 떨고 있었다.

그러다가 시슬란과 눈이 마주쳤다.

"으, 흐흑……! 시슬란 님……."

살아남은 자들은 캠프 전체 인원의 절반에 불과했다.

그들이 시슬란의 주변에 모여 흐느끼기 시작했다.

흐느낌은 끝없이 이어졌다.

그걸 들으며 시슬란은 묘한 기시감을 느꼈다.

오래된 어느 날의 기억이 떠올랐다.

3

"황태자 저하 만세!"

"만세!"

시끄럽다.

심지어 감격해서 우는 자들도 보였다.

두 배로 커진 고함과 함성이 오로지 소음으로만 느껴져서 나는 눈살을 찌푸렸다. 괜히 손을 흔들었다. 조용히 하라는 뜻이었는데.

"어디 불편하니?"

부황께서 물어 오셨다.

혹여나 당신께서 걱정하실까 얼른 고개를 흔들었다.

하지만 나를 보는 그분의 눈길은 여전히 깊기만 하다.

"아들아, 하나만 기억하거라."

"……."

"저들이 보내는 환호에 너는 노력할 의무가 있는 것이다. 지금 손을 흔드는 것으로만이 아니라 평생에 걸쳐서."

왜죠? 라는 물음을 집어삼켰다.

나는 다만 부황을 마주 보았을 뿐이었다.

"지금 저들의 표정과 외침을 느껴 보거라."

"……."

"무엇이 느껴지느냐?"

나는 망설인 끝에 솔직하게 대답했다.

"……시끄럽습니다."

"그렇다면 제대로 본 것이다."

"네?"

부황의 표정이 미묘하게 변했다.

"저들이 너를 아끼기 때문에 저렇게 환호하고 있겠느냐? 아니란다. 그저 살기 위해 지르고 있는 고함일 뿐이지. 누군가는 여기에서 박수를 치고 소리를 열심히 지르는 대가로 며칠 동안 가족을 먹여 살릴 돈을 받겠지. 또 누군가는 이 어지러운 와중에 다른 누군가의 주머니를 노리고 있을 테고."

당신께서 나를 돌아보며 싱긋, 웃으신다.

"아마 너를 정말로 존경하고 아껴서 외치고 있는 이는 한 사람도 없을 것이다."

"……."

뭐라 대답을 할 수가 없었다. 방금 전까지 환호하는 저들을 귀찮게 여기고 있었는데, 사실은 저 환호가 나 혼자만의 착각일 뿐이었다니. 서늘한 기분이 들었다. 마치 한껏 우쭐대다가 찬물을 호되게 뒤집어쓴, 딱 그런 기분이었다.

그 뒤로 부황은 아무런 말씀이 없으셨다.

그저 묵묵히, 환호하는 이들에게 일일이 화답하며 개선식을 즐기셨을 뿐이다.

그날 밤 나는 도저히 잠을 이룰 수가 없었다.

낮에 들었던 환호가 계속해서 귓가를 떠나지 않았다.

그 환호성은 기쁨의 소리가 아니었다.

살려 달라는 아우성이었다.

그걸 깨닫자 저절로 등에 소름이 돋았다.

한낱 아홉 살짜리가 감당하기에는 너무나 큰 책임감이 온몸을 짓누르는 느낌이었다. 숨을 쉬기가 어려울 정도였다.

그들은 말하고 있었다.

* * *

“잠이 안 와요.”

“…….”

시슬란의 상념을 깨운 것은 에이미의 한마디였다.

모처럼 아홉 살 당시의 기억을 떠올리고 있던 그가 아래를 내려다보았다.

그의 셔츠 자락을 붙잡고 있는 에이미의 작은 손이 조금씩 떨리고 있었다.

“…….”

시슬란은 말없이 문을 열었다. 에이미는 조금 멈칫하나 싶더니 시슬란의 침대에 걸터앉았다. 그러더니 시키지도 않았는데 횡설수설하기 시작했다.

“애들은 잠들었어요. 다들 무섭다고 난리지 뭐예요. 어른들이 싸우고 다치는 통에 많이 놀랐나 봐요. 달래느라 무지 힘들었어요. 전 캠프에 난 불이 그렇게 크게 퍼질 줄은 몰랐어요. 게다가 그 아저씨들이 정말로 사람들을 해치고 다닐 줄도 몰랐어요. 하지만 그때 저는 아무것도…….”

어깨를 토닥이는 시슬란의 손길에 에이미의 횡설수설이

멈추었다.

작은 어깨가 떨리고 있었다.

"괜찮다, 이젠."

"……정말요?"

"그럼."

"흐……흑! 으아앙!"

기어코 울음이 터지고 말았다.

시슬란의 가슴에 얼굴을 파묻고서 에이미는 한참을 꺽꺽거리며 울었다. 그동안 시슬란은 아무런 말도 않고 아이의 등만 토닥였다.

많이 놀랐을 것이다.

죽은 이들 중에는 에이미를 따르던 고아들도 셋이나 있었다. 충격을 받지 않을 리가 없다. 그런 와중에도 살아남은 동생들부터 먼저 챙긴 이 아이가 너무나 대견스러웠다.

잠든 에이미를 침대에 눕혔다. 아이는 언제 울었나 싶게 쌔근쌔근 편안한 얼굴이었다.

아이가 깰까 조심스럽게 방 한쪽의 큰 상자를 열었다.

마법이 걸려 있는 상자에서 한기가 흘러나왔다. 그 안에는 차갑게 반쯤 얼린 꿀물과 음료가 있었다. 그걸 보며 역시 임시지만 왕성답다고, 저택답다고 시슬란은 생각했다.

지금 이곳은 국왕이 임시로 사용하던 별궁이었다.

캠프의 난리가 끝난 뒤 시슬란은 사람들을 이끌고 폐허를 떠나 이 별궁으로 왔다.

처음에는 캠프의 유민들밖에 없었다.

그러나 시가지를 지나며 점점 숫자가 불어나기 시작했다.

로열가드가 무고한 유민들을 몰살시키려 했다는 소식은 이미 수도 전체에 파다하게 퍼져 있었다.

수도 경비대가 출동했다.

시내 한가운데에서 경비대와 캠프의 유민들이 대치했다.

그 과정에서 경비대는 심각한 실수를 저질렀다.

캠프의 유민들과 일반 백성들을 구분하지 않았던 것이다.

그렇지 않아도 불안감에 떨던 수도의 백성들이었다. 그러던 차에 경비대가 자신들에게마저 창칼을 들이대자 결국 군중의 감정이 터지고 말았다. 캠프의 몰살로 시작된 소요는 결국 수도 백성들의 민란으로 번지고 말았다.

성난 군중 앞에서 경비대는 무력했다.

게다가 유민들의 선두에는 시슬란이 있었다.

경비대는 금방 진압되었다.

수도 방위군도 마찬가지였다.

방위군의 원래 총지휘관이 타이드였다. 지휘관이 없는

상태에서 방위군은 지리멸렬했다. 결국 시슬란은 군중을 이끌고 수도 전체를 장악해 버렸다.

시슬란은 아무 음료나 집어 테라스로 나갔다. 문을 열자 그동안 완벽히 차단되어 있던 바깥의 떠들썩한 소음이 곧바로 귀청을 떠들썩하게 만들었다. 행여나 아이의 수면이 방해받을까 얼른 문을 닫았다.

서늘한 밤바람이 산산하게 부는 가운데 별궁 안뜰에서는 요란한 잔치가 벌어지는 중이었다. 잔치의 주인공은 바로 윈덤의 백성들이었다.

시슬란은 알고 있었다. 아마 이곳 외에도 수도 곳곳에서 이와 같은 조촐한 잔치를 벌이며 서로의 상처를 돌보고 있으리라.

"어?"

두런두런 모여 이야기를 나누던 몇몇이 시슬란을 발견했다.

"시슬란 님이다!"

"와아아! 시슬란 님, 여기 좀 봐주세요!"

"내려오셔서 이것 좀 드셔 보세요!"

평소에는 나름 극진하게 시슬란을 대하던 유민들이 환호하며 그를 불렀다. 슬픔이 과하면 오히려 태연해진다. 지금 이들이 그랬다.

이들은 많이 취해 있었다. 그럴 수밖에 없었다. 술기운이라도 빌리지 않으면 가족과 이웃을 잃은 슬픔에 잠겨 제정신이 아니게 될 테니까. 충분히 이해할 수 있는 일이었다.

"……."

시슬란은 한 손을 들어 살짝 흔들었다.

나는 괜찮다. 내려가기는 좀 그렇다.

그런 뜻에서 손을 흔들었는데 아래쪽의 반응은 예상과 달랐다.

그가 부름에 화답하는 것으로 받아들인 것일까.

"와아아아!"

아래쪽의 열기가 두 배는 뜨거워졌다.

그걸 보자 시슬란의 가슴도 묘하게 두근거렸다.

'이들은…… 달라.'

어린 시절 들었던 수만 명의 환호보다 훨씬 숫자도 적고 외침 소리도 작았다. 하지만 이들이 내뿜는 열기 속에는 묘하게 사람의 마음을 흔드는 그 무엇인가가 있었다.

그것은 진심이었다.

너무나 잘 느낄 수 있었다.

이들이 정말로 그를 향해 환호하고 있다고, 진심으로 고마워하고 있다고.

동시에 부황의 말씀이 떠올랐다.

"저들이 보내는 환호에 너는 노력할 의무가 있는 것이다. 지금 손을 흔드는 것으로만이 아니라 평생에 걸쳐서."

그때 부황은 말씀하셨다.

군중들의 외침은 살기 위한 가식일 뿐이라고.

그럼에도 그런 그들의 외침에 보답하기 위해 평생을 노력해야 할 것이라고.

당시엔 그게 무슨 뜻인지 잘 몰랐다.

사실은 지금도 모른다.

그러나 한 가지만은 분명히 느낄 수 있었다.

저들이 지금 진심이라는 것.

하늘을 올려다보니 어느새 갠 밤하늘에 창백한 달이 떠올라 있었다.

'그저 가식으로 보내는 환호에도 평생을 노력해야 하는 것이라면, 지금 전 저들의 진심 앞에 무엇을 해야 합니까.'

대답을 돌려줄 부황은 이미 이 세상에 없다. 할 수만 있다면 십 년 전 그날로 돌아가 묻고 싶었다. 밤하늘을 가득 채우고 있는 창백한 달빛이 오늘따라 유난히도 시리게 느껴졌다.

비로소 시슬란은 깨달았다. 이 낯설고 환한 태양의 세상에서 지금까지 자신이 외로움을 느끼고 있었다는 것을. 그런데 지금은 그 외로움이 조금은 덜해졌다는 사실을.

"부끄러워하지 말고 내려오세요!"

그래…… 볼까.

그것은 즉흥적인 감정이었다.

그는 느낌을 솔직하게 따랐다.

테라스 난간을 훌쩍 넘어 뛰어내렸다.

저만치 떨어져 있던 사람들과의 거리가 껑충 가까워졌다.

"와아!"

저 높은 곳에서 뛰어내리고도 털끝 하나 다치지 않은 그를 보며 사람들이 탄성을 내뱉었다. 시슬란은 곧바로 사람들에게 둘러싸였다.

"자, 받으세요."

싸구려 맥주가 가득 출렁이는 나무 잔을 내민 이는 유민들 중에서도 특히 앳된 얼굴의 청년이었다. 그의 얼굴은 술기운과 격동으로 붉게 상기되어 있었다.

"……."

시슬란은 그가 내민 미지근한 싸구려 맥주와 자신이 들고 있던 고급 음료를 번갈아 쳐다보았다. 떠들썩하던 소리가 조금씩 잦아들었다. 사람들의 눈에 호기심과 기대가 실렸다. 그 기대는 거창한 것도, 웅장한 것도 아니었다.

'그냥 함께 즐기는 것……이었나?'

부황이 무엇을 말하려 했던 것이었는지 알 것 같은 기분이 들었다. 뜻밖에 답은 간단한 곳에 있었다. 저들의 기쁨과 슬픔에 하나가 되는 것, 그것뿐이었다. 하지만 예전의 자신이었다면 결코 해내지 못할 일이었다.

쨍그랑.

시슬란이 들고 있던 음료를 버렸다.

그리고 청년이 내민 나무 잔을 받아 높이 들어 올렸다.

"오늘의 승리를 축하하기 위해 건배."

사람들이 어리둥절한 표정으로 그를 따라 잔을 하늘 높이 들었다.

"오, 오늘의 승리를 축하하기 위해 건배."

시슬란이 그들과 하나하나 눈을 마주치며 다시 말했다.

"비명에 간 가족과 친구들을 위하여 건배."

"……아!"

"비……명에 간 가족과 친구들을 위하여 건배!"

모두가 서서히 한목소리가 되어 갔다.

시슬란의 음성이 사람들의 가슴을 파고들었다.

"제프리, 리먼, 막시밀리, 카나드, 로토아……."

그의 입에서 수많은 사람의 이름이 나오자 사람들의 눈이 점점 커졌다. 오늘 난민 캠프에서 죽은 자들의 이름이었다. 놀랍게도 시슬란은 그 많은 이들의 이름을 하나도 빠뜨리지 않고 기억하고 있었다. 언젠가 그에게 치료를 받거나 도움을 받았던 자들이 대부분이었다.

그 하나하나의 죽음을 되새기자 시슬란의 가슴도 뛰었다. 그저 오가다 몇 마디를 나눈 것이 고작인 인연들이었다. 그러나 그 무게는 절대 가볍지 않았다. 아니, 그들의 희생을 가벼운 것으로 전락시키고 싶지 않았다.

"부디 바라건대, 그들의 희생이 헛되지 않기를."

"그들의 희생이 헛되지 않기를!"

"우리 모두의 가슴속에 그들이 영원하기를."

"영원하기를!"

"하여 이곳의 모든 이들이 그들을 그리며 부디 행복하기를."

"행복하기를!"

하나 된 목소리가 더욱 커졌다.

함성에 물기가 섞였다.

어느새 모두는 가슴으로 울고 있었다. 애써 잊으려 했던 희생자들이 새삼 떠올랐다.

하지만 안다.

지금은 그들을 잃은 슬픔을 딛고 힘차게 일어서야 할 때임을. 그래야 그들도 자신들의 죽음이 억울하지 않을 터였다.

시슬란이 잔을 기울이자 그들도 울음을 삼키는 대신 쓰디쓴 맥주를 한 모금에 삼켰다.

그들의 모습에 시슬란의 가슴이 뻐근해졌다.

처음에 고아들과 지내면서 조금씩 들곤 했던 바로 그 먹먹한 느낌이었다.

그때는 이게 무슨 느낌인지 도통 알 수가 없었다.

하지만 이제는 그도 이게 무슨 의미인지 안다.

가슴이 아팠다.

동시에 그동안 내내 그를 사로잡고 있던 지독한 상실감과 외로움이 한 꺼풀 벗겨지는, 그런 기분이 들었다.

어느덧 사람들의 함성은 별궁을 넘어 수도 윈덤 전체로 퍼져 나갔다.

아픔은 새로운 불꽃으로 태어났다.

그날, 윈덤에서 새로운 왕이 탄생했다.

10장.

마음에 안 드니까
뒤집어엎는 거다

1

위나드 왕국의 수도 원덤에서 신생 왕국이 태어났다.

"새로운 왕국이라고?"

"세상에, 그게 정말인가?"

지방 영지의 어느 응접실에서, 어떤 귀부인의 살롱에서, 혹은 낡은 주점 지하의 은밀한 장소에서 각양각색의 수많은 인간 군상들이 같은 주제를 놓고서 이야기를 나누고 있었다.

그들이 나누는 화제란 다름 아닌 최근 수도 원덤에서 일어난 대규모의 민란과 새로운 신생 왕국의 탄생이었다.

이번 사태를 바라보는 시각은 대개 두 가지였다.

"위험해. 정말로 위험해."

지방의 영주들은 극도의 경계심과 위기감을 표출하고 있었다. 그들은 혹여 자신들의 영지에서도 백성에 의해 같은 일이 벌어질까 어깨를 움츠렸다.

그들이 불안감을 느끼는 것과 비례하여 영지를 단속하는 그들의 손길도 거칠어졌다. 귀족과 영주들은 자신의 영지민이 윈덤의 일을 이야기하는 것을 엄격히 금지하였다.

그도 그럴 것이, 평민들 사이에는 이상한 기류가 감돌기 시작하고 있었다.

"세상에, 백성이 왕국을 뒤집어 버리다니……."

심지어 신생 왕국 루나가 내건 명분은 더 가관이었다.

우리는 위나드 왕실의 폭정이 마음에 들지 않아 새 왕국을 세우기로 했다.

말 그대로 왕실의 짓거리가 마음에 안 들어서 다 뒤집어엎어 버리고 새 왕국을 세운다는 말이 아닌가. 세상의 정의니 섭리니 영광이니 하는 미사여구 하나 없이, 그냥 마음에 안 들어서…….

마음에 안 들어서 뒤집어엎었다. 그냥 배가 고파서 밥을 먹었고, 졸려서 잤다는 것과 똑같은 지극히 단순한 논리였다.

그런데 이상한 일이었다.

흔한 미사여구 하나 없는 그 투박하고 솔직한 주장이 오히려 듣는 사람에겐 더 공감되게 느껴지는 면이 있었던 것이다.

그때부터였다.

발 없는 말이 천 리를 달렸다.

각지의 백성들 사이로 신생 왕국 루나의 소식이 돌림병처럼 번져 갔다. 귀족 영주들의 통제도 소용이 없었다. 백성들은 둘만 모이면 너 나 할 것 없이 루나의 일을 떠들었다. 그것은 막을 수 없는 거대한 파도와도 같았다.

그런 일련의 흐름이 영주들 사이에 휘도는 위기감을 더욱 부채질하였다.

수도 윈덤 인근 지방의 영주들이 한자리에 모였다.

"이대로는 상황이 걷잡을 수 없게 될 거요."

"동감이오. 그렇지 않아도 이미 분위기가 이상하게 흐르고 있소."

"난 어젯밤 꿈까지 꾸었소. 마음에 안 들어서 뒤집었다니, 이런 미친……. 지금도 그 꿈 생각만 하면 치가 떨리오. 세상에, 내가 부려 먹는 게 마음에 안 든다며 백성 놈들이 내 성으로 쳐들어오는 꿈이었소. 빌어먹을."

영주들은 하나같이 불안 가득한 얼굴로 불만을 토로했다.

"사뮤엘이라는 자, 대체 누구요?"

"나도 모르겠소. 골렘의 재난 이후에 갑자기 등장한 자라고 하던데."

"족보도 없는 종자가 어찌 기회를 잘 잡았나 보군."

"그러나 그를 향한 평민들의 존경심과 신뢰는 가히 절대적이라는 소식이오. 그는 일절의 강요도 없이 백성들의 자발적인 추대로 왕위에 올랐소. 그를 적으로 삼는다는 것은 수도 윈덤의 모든 민심을 적으로 돌린다는 뜻이외다. 함부로 얕보았다간 큰일 나는 수가 있소."

"……."

모두가 고개를 끄덕였다.

국왕의 전례가 있지 않은가.

여기 있는 자신들이라고 국왕의 전철을 밟지 않으리란 보장은 어디에도 없다. 더욱이 평민들 사이에 이상한 분위기가 퍼지고 있는 지금 같은 시기에는 더더욱.

"그러나 이대로 방관하고 있을 수는 없소. 게다가 우리는 위나드 왕국에 충성하는 영주들이오. 군신의 맹약에 따라 수도의 무도한 반도들을 그냥 놔둘 순 없소."

"그 말씀이 맞소. 그대의 분노를 이해하오."

"불씨는 일찍 제거해야지, 그렇지 않으면 끄고 싶어도 끌 수 없는 불길이 번지게 될 거외다."

"이럴 때야말로 연합이 필요하지 않겠소?"

"나는 찬성이오."

"맞소. 지금은 본보기를 보여야 할 때인 것 같소이다. 그 사뮤엘이라는 자를 포함하여 이번 반란에 참여한 모든 자를 처단해야 할 것이오. 설령…… 윈덤의 백성 모두를 교수대에 내거는 한이 있더라도!"

자리에 모인 7인의 영주들이 모두 동의했다.

연합을 결의한 그들은 각자의 사병들을 편제하여 강력한 원정군을 조직하였다.

굳건한 결의가 담긴 포고문이 낭독되었다.

"우리 일곱 영지의 영주들은 오늘을 기하여 수도 윈덤을 무단으로 점거한 반적 무리를 향해 선전포고를 하는 바이다!"

바야흐로 새로운 전쟁이 시작되려 하고 있었다.

반적 수괴 사뮤엘을 향한 뜨거운 전쟁 선포!

하지만 그것은 그들만의 착각일 뿐이었다.

2

'왜! 왜 내가 왕인 거지?'

화살에 맞았던 어깨의 붕대를 쓰다듬으며, 한때 잘나갔던 모험가이자 전직 제빵사 사뮤엘은 혼란에 빠져 중얼거렸다.

그럴 수밖에 없었다.

그는 지금 화려한 옷을 걸치고, 위엄 있는 왕좌에 앉아, 심지어 머리에는 왕관까지 쓰고 있었으니까.

그는 방금 눈앞의 시슬란이 자신에게 설명해 준, 자신이 왕이 된 이유를 되묻듯 확인했다.

"그러니까 시슬란 님께선 언젠가 이곳을 떠날 분이시고, 따라서 끝까지 책임질 수 없는 자리는 맡을 수 없다는 말씀이신 겁니까?"

"그런 셈이지."

"그럼 대체 저희는……. 음, 알겠습니다. 지금 당장만 해도 일곱 영지의 팔천 병력이 선전포고와 함께 진군해 오고 있지만……. 하긴, 여기까지 온 것도 시슬란 님께서 저흴 보살펴 주신 덕분이지요. 여기서 더 도움을 바라는 건 지나친 어리광일지도 모르겠습니다. 알겠습니다. 저희가 힘껏 저들에 맞서 보겠습니다."

사뮤엘은 사뭇 비장한 어조로 주먹을 불끈 쥐었다. 난민 캠프 때부터 온갖 도움을 받아 마침내 자신들만의 왕국을 이루어 냈다.

그런데도 자립할 능력이 안 된다며 시슬란에게 기대는 건 도리에 맞지 않는다고 생각하는 그였다. 하다 하다 안 되면 모두를 데리고 피난이라도 가야겠다고 비장한 다짐을 되새기고 있었다.

그런데 시슬란은 그런 그를 보며 그저 흐뭇하게 웃었다.

"역시, 이래서 자넬 뽑은 거라니까."

"예? 무슨 뜻입니까?"

시슬란은 대답 대신 자리에서 일어나 저녁노을이 비치는 창가로 다가갔다.

"적의 숫자가 팔천이라고 했던가?"

"그렇습니다만……."

"그 팔천, 내일 아침이면 하나도 남지 않을 것이다."

시슬란이 말을 마치는 순간이었다.

서쪽에 아슬아슬하게 걸려 있던 태양이 지평선 너머로 모습을 감추었다. 보랏빛으로 물들어 가던 하늘의 그림자가 마침내 시슬란의 얼굴에도 드리워졌다.

"팔천이라……."

시슬란은 희미하게 웃었다.

귀족 연합군은 자신들의 위치와 진군 경로를 광고하듯 일부러 알리기까지 했다. 압도적인 승리를 확신하지 않으면 보일 수 없는 대단한 자신감이었다.

하지만 그런 자신감도, 시슬란에겐 웃기게만 보였다.

샤아아아!

한차례 그림자의 광풍이 몰아친 직후, 시슬란이 사라졌다. 그림자의 바람은 떠오르는 조각달을 가르고 북쪽으로 질주했다.

귀족 연합군의 집결지가 있는 카시니 평원을 향해.

3

"흐아암, 피곤하구먼."

귀족 연합군 제7보병대 소속 병사 란토는 조각달을 바라보며 늘어지게 하품을 했다. 오랜만에 온종일 걸었더니 온몸이 찌뿌드드했다. 그런 상태에서 잠도 자지 않고 보초까지 서려니 아주 죽을 맛이었다.

함께 보초를 서던 동료가 투덜거렸다.

"니미, 나도 진짜 졸려 죽겠네. 그놈의 망할 제비뽑기."

"그러게. 빌어먹을, 그때 옆에 있던 제비 뽑았으면 지금

쯤 사타구니나 긁으며 자고 있을 텐데.”

“망할! 이게 다 그놈의 망할 윈덤 새끼들 때문이야. 왜 하필 반란 따윌 일으켜 가지고.”

“그래, 맞아. 그 새끼들만 아니었으면 이번 원정도 없었겠지?”

“당연하지. 그 망할 놈들이 난리를 치니까 귀족 나리들이 열 받아서 지금 원정대가 꾸려진 거 아니냐고. 빌어먹을 새끼들, 지방 영지보다 살기도 좋으면서 반란은 무슨 썩을 반란이야! 육시를 할 놈들.”

기어코 두 병사의 원망의 화살은 윈덤의 백성을 향해 돌려졌다. 둘은 한참이나 다양한 욕설을 섞어 가며 윈덤 백성을 향한 적개심을 키워 갔다.

“난 이번 싸움에서만큼은 돌격할 때 제일 앞에 설 거야. 듣자 하니 윈덤 새끼들, 싸울 줄도 모르는 놈이 태반이라며?”

“그렇다고 들었어.”

“크크, 잘됐네. 이참에 제일 선두에 서서 그 새끼들 닥치는 대로 죽이면 금방 부장 눈에 들겠지?”

“이참에 진급하려고?”

“당연하지. 니미럴, 안 그래도 난데없는 원정이라 열 받는데 진급이라도 해야 덜 억울하지.”

"아서라. 한두 놈 베어선 안 될 텐데."

"그러니까 최대한 많이 죽여야지. 아, 맞다. 이거 뭔지 알겠냐?"

뭐가 생각났는지 란토가 품속을 뒤적거렸다.

그가 꺼낸 물건은 끝에 송곳이 달린 가죽띠였다.

동료가 고개를 갸웃거렸다.

"뭐냐, 그건?"

"전에 남부 출신 용병 놈들한테 들었지. 크크, 남부에서는 전투가 끝나면 제가 죽인 놈들 귀를 잘라서 이 끈에 꿴다더라. 몇 놈을 죽였는지 세는 데는 이게 딱이라고 하더라고. 그래서 이참에 장만했지."

"죽인 놈들 귀를 수집하려고?"

"그렇지. 그래서 모은 걸 부장한테 딱 보여 주는 거야. 어떠냐, 죽여주지 않냐?"

"허 참, 미친 새끼."

말은 그렇게 하면서도 동료는 란토의 말에 눈이 반짝거렸다.

"야, 그 가죽띠 하나 더 없냐?"

"왜 이래? 네놈도 나 따라 하게?"

"니미, 친구 좋다는 게 뭐냐. 이참에 아예 서로 등도 지켜 주고, 같이 죽이고 다니자. 어떠냐?"

"흐음……."

란토는 잠시 고민했다.

원덤의 백성들이 정규군이 아니라 선두에서 돌격할 생각이긴 하지만, 그래도 사실 불안하긴 했다. 눈먼 화살에 운 없이 맞아 죽지 말라는 법은 없으니까. 그러던 차에 같이 협력하겠다는 놈이 생기자 구미가 당겼다.

란토는 마음을 정했다.

"그래, 그럼 너 이거 가지고 대신 돌격할 때 옆에서 보조나 좀 거들…… 야, 너 뭐하냐?"

동료를 돌아보던 란토가 고개를 갸웃거렸다.

방금까지 잘만 떠들던 동료가 어느새 바닥에 누워 있음을 뒤늦게 본 까닭이었다.

"무슨…… 컥!"

란토가 숨 막히는 비명을 질렀다.

무언가가 엄청나게 강한 힘으로 목을 졸랐다.

숨이 쉬어지지 않았다!

샤아아아……!

버둥거리는 란토의 두 다리가 허공에 떴다.

그제야 란토는 자신의 목을 조르는 것의 정체가 자기 자신의 그림자임을 깨닫고는 두 눈을 부릅떴다.

"크? 커컥!"

숨이 막힌 란토는 그대로 거품을 물고서 기절하고 말았다.

그리고 잠시 후.

일렁이는 어둠 속에서 시슬란이 걸어 나왔다.

"……."

고요한 밤바람.

은은한 달빛.

모든 것이 완벽하다.

그는 귀족 연합군의 본진을 향해 걸었다.

산책하듯 여유롭게.

"거기, 누구…… 크읍!"

먼저 그를 발견하고 창을 치켜들던 보초병도 목이 졸려 기절했다. 당황하여 활시위를 당기던 다른 보초병 역시 똑같은 꼴이 되었다.

그들 곁을 스치며 시슬란은 계속 걸었다.

그가 걷는 길을 따라 막대한 양의 그림자가 일어섰다.

망령의 왕이 강림한 듯한 광경.

그의 눈짓 하나, 손짓 하나에 따라 망령처럼 일어선 그림자들이 귀족 연합군의 본진 곳곳으로 스며들었다.

"크어억!"

"뭐, 뭐야, 이건! 컥! 커컥!"

병사들이 잠들어 있던 천막들이 일제히 들썩거렸다.

곤히 자다가 자신의 그림자에 목이 졸려 혼절하는 자들이 속출했다.

"야습이다!"

"정신 차려라! 무기를 들어라!"

창칼만 간신히 챙긴 병사들이 놀란 개미 떼처럼 텐트 밖으로 쏟아져 나왔다. 하지만 텐트 밖에서 그들을 기다리는 광경은 수백 명 적군의 야습이나 화염 따위가 아니었다.

달빛이 내리비치는 캠프엔 아군 외에는 아무도 없었다.

너무나 조용했다.

"뭐, 뭐야? 적은? 적은 어디에 있나!"

하지만 아무도 답을 들려주지 않았다.

휑한 밤바람과 달빛 아래 속옷 바람으로 칼만 들고 서성이는 기사들의 모습은 차라리 희극적이었다.

기사들이 목소리가 들린 곳을 찾기 위해 눈을 감았다.

마법사들도 정신을 집중하여 탐지(Detection) 마법을 사용했다.

병사들은 서로 둘러보며 사방을 경계했다.

하지만 적은 어디에도 없었다.

그때였다.

샤아아아아…….

어느 순간부터인가 병사들의 그림자가 일렁이며 위로 떠오르기 시작했다. 평소처럼 땅에 깔린 것이 아니라 마치 사람인 것처럼 두 발로 땅을 디디고 섰다.

"헉?"

"이건 뭐야!"

당황한 자들이 자신의 그림자를 향해 무기를 휘둘렀다.

그런데 놀랍게도,

철그럭!

그림자가 무기를 든 쪽의 손을 움직이자 무기와 무기의 그림자가 맞닿았다. 진짜 무기는 무기의 그림자에 닿자마자 마치 아교에 들러붙은 것처럼 꼼짝도 하지 못했다.

한번 잡힌 무기는 아무리 힘을 써도 빼내지지가 않았다.

그런 그들의 귀에 시슬란의 목소리가 들렸다.

"참 이상한 일이야. 가만히 보니 그대들은 자신의 처지가 윈덤의 백성과 크게 다르지 않다는 걸 모르는 것 같더군. 그렇지 않나?"

콰드드득!

사로잡힌 무기들이 산산조각이 났다.

동시에 무기의 그림자도 소멸했다.

그렇게 귀족 연합군 기사와 병사들 대부분이 맨손이 되어 버렸다.

"헉?"

그들이 놀랄 틈도 없이 그들의 그림자가 그들의 목을 움켜쥐었다.

아무리 수준 높은 기사도, 마법사도 자신의 그림자와 대적한다는 상상도 못 했던 상황에서는 아무런 힘을 쓰지 못했다. 누군가는 주먹과 발길질로, 누군가는 마법으로 대항했지만 그들 자신의 그림자는 꿈쩍도 하지 않았다.

그리고 서서히, 그림자의 압력이 증가해 갔다.

꽈아악…….

"쿠, 쿨룩!"

"커으억……."

숨 막힌 소리와 함께 곳곳에서 기절하는 자들이 속출했다. 그리고 마침내 마지막 기사 한 명이 땅에 무릎을 꿇는 것으로 귀족 연합군의 모든 병력이 제압되고 말았다.

휘이이잉…….

불어온 바람이 그림자를 쓸어 낸 자리에는 온통 혼절한 자들만이 널브러져 있었다.

"……."

시슬란은 너무나 태연하게 그들을 하나씩 묶기 시작했다.

달은 점점 지평선을 향해 기울었다.

그렇게 마침내 카시니 평원에 아침이 찾아왔을 때, 평원엔 버려진 텐트와 물자, 일곱 명의 영주만이 알몸뚱이가 되어 남겨졌다.

"이, 이게 대체 어찌 된 일이야!"

일곱 영주는 흡사 악몽이라도 꾼 기분이었다.

자다가 난데없이 가위눌리듯 기절하고, 아침에 깨어 보니 팔천 명의 병력이 모조리 사라지고 자신들만 남은 까닭이었다.

물론 그 시간, 영주들이 애타게 찾는 팔천 명의 병력은 시슬란에 의해 원덤으로 납치되어 포로의 신분으로 새 삶(?)을 힘차게 시작하고 있었다.

〈다음 권에 계속〉

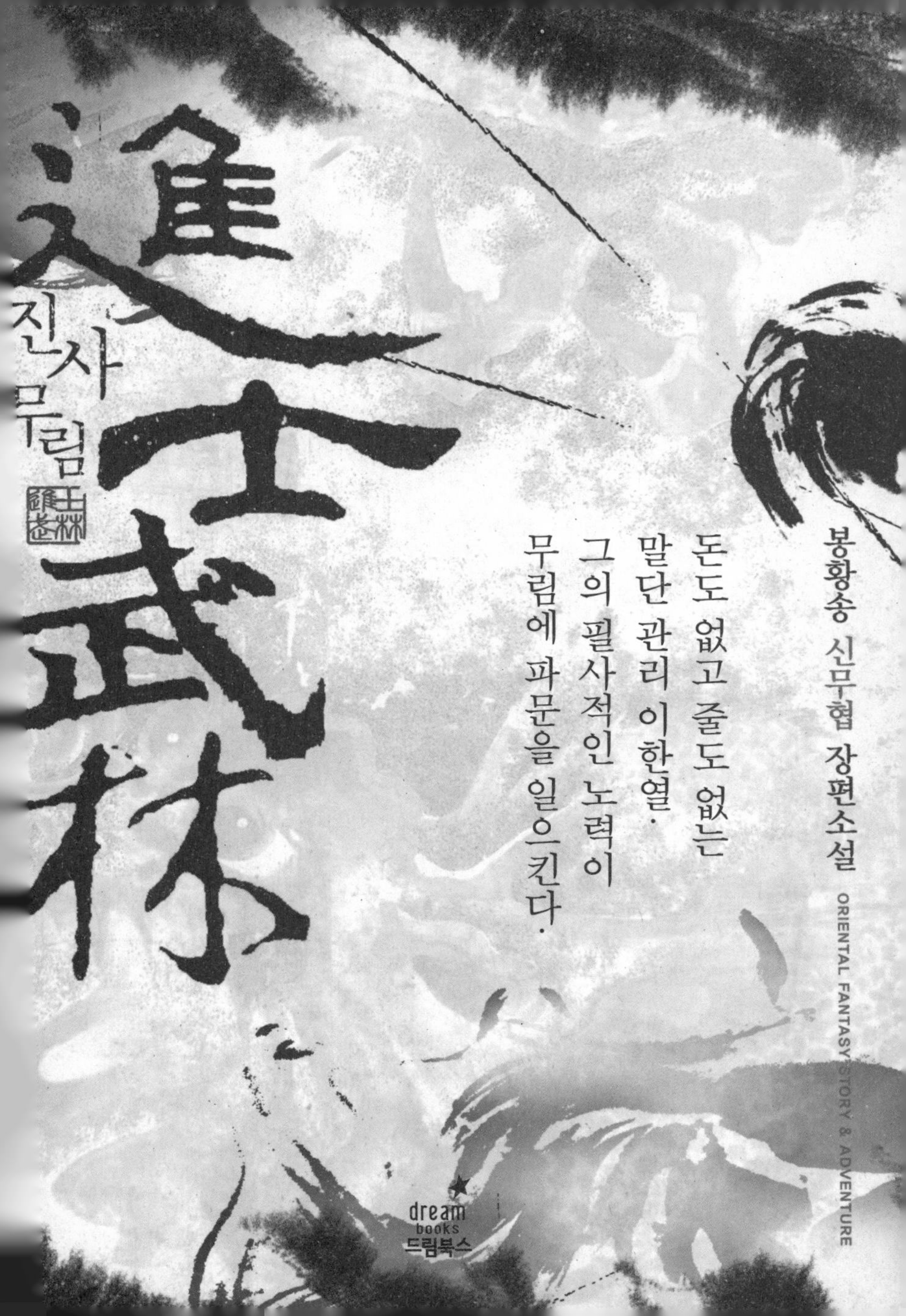
봉황송 신무협 장편소설
ORIENTAL FANTASY STORY & ADVENTURE
돈도 없고 줄도 없는
말단 관리 이한열.
그의 필사적인 노력이
무림에 파문을 일으킨다.
進士武林
진사무림
dream books
드림북스

DREAMBOOKS★

DREAMBOOKS★

DREAMBOOKS